O TESOURO
DOS DEUSES

BEAR GRYLLS

O TESOURO DOS DEUSES

Tradução:
Daniel Estill

BERTRAND BRASIL

Rio de Janeiro | 2016

Copyright © Bear Grylls, 2008

Publicado originalmente na Grã-Bretanha por Red Fox, um selo do Random House Children's Publishers UK, uma empresa do grupo Random House.

Escrito por Bear Grylls e Richard Madden

Capa: James Fraser
Arte da capa © Paul Carpenter, 2013
Arte dos mapas © Ben Hasler, 2013
Imagem da cobra e escamas © Shutterstock

Editoração: Futura

Texto revisado segundo o novo
Acordo Ortográfico da Língua Portuguesa

2016
Impresso no Brasil
Printed in Brazil

Cip-Brasil. Catalogação na publicação.
Sindicato Nacional dos Editores de Livros, RJ.

G871t Grylls, Bear
     O tesouro dos deuses / Bear Grylls; tradução Daniel Estill. — 1. ed. —
     Rio de Janeiro: Bertrand Brasil, 2016.
     208 p. : il.

     Tradução de: Gold of the gods
     ISBN 978-85-286-2054-2

     1. Ficção infantojuvenil inglesa. I. Estill, Daniel. II. Título.

15-28220   CDD: 028.5
                             CDU: 087.5

Todos os direitos reservados pela:
EDITORA BERTRAND BRASIL LTDA.
Rua Argentina, 171 — 2º andar — São Cristóvão
20921-380 — Rio de Janeiro — RJ
Tel.: (0xx21) 2585-2076 — Fax: (0xx21) 2585-2084

Atendimento e venda direta ao leitor:
mdireto@record.com.br ou (0xx21) 2585-2002

*Este livro é para Marmaduke, meu precioso
filho do meio e outro tesouro do papai!
Espero que você possa apreciá-lo e que, um dia,
vivamos uma aventura dessas juntos.*

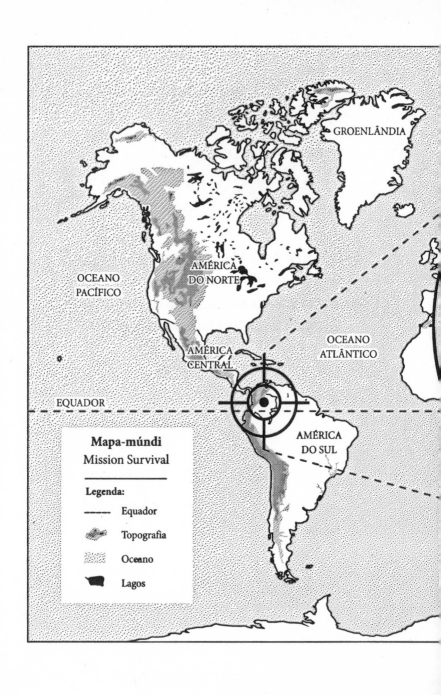

Mapa-múndi
Mission Survival

Legenda:
- - - - - Equador
Topografia
Oceano
Lagos

GROENLÂNDIA

AMÉRICA DO NORTE

OCEANO PACÍFICO

AMÉRICA CENTRAL

OCEANO ATLÂNTICO

EQUADOR

AMÉRICA DO SUL

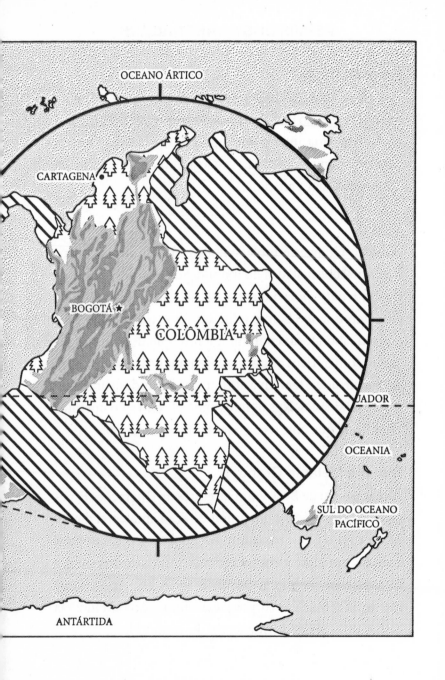

PERFIS DOS PERSONAGENS

Beck Granger

Aos treze anos, Beck Granger sabe mais sobre a arte da sobrevivência do que a maioria dos especialistas militares aprende a vida inteira. Quando criança, viajou com os pais para alguns dos lugares mais remotos do mundo, da Antártida à selva africana.

Tio Al

Sir Alan Granger é professor, além de um dos antropólogos mais respeitados do mundo. Sua atuação como juiz de um *reality show* o tornou conhecido, mas, para Beck, ele sempre será o bom e velho tio Al — mais confortável em seu laboratório com um microscópio do que socializando com os ricos e famosos. Ele acredita que a paciência é uma virtude e tem uma atitude de jamais desistir diante das adversidades. Nos últimos anos, ele tem sido um tutor para Beck, que hoje o considera um segundo pai.

David e Melanie Granger

A mãe e o pai de Beck eram diretores de Operações Especiais da Força Verde, um grupo de ação ambiental direta. Junto com o filho, passaram um bom tempo com tribos remotas em alguns dos locais mais inóspitos do mundo. Muitos anos atrás, seu pequeno avião caiu misteriosamente na selva. Seus corpos jamais foram encontrados, as causas do acidente permanecem desconhecidas...

Marco e Christina de Castillo

Esses gêmeos de cabelos cacheados moram em Cartagena, uma grande cidade no norte da Colômbia. Eles gostam de perturbar o pai, o prefeito, e estão sempre rindo das piadas que fazem juntos e não contam para mais ninguém. São descendentes diretos de Don Gonzalo de Castillo, famoso conquistador, capitão do primeiro navio a chegar à América do Sul. Reza a lenda familiar que ele chegou a descobrir El Dorado — a lendária Cidade de Ouro.

Finalmente, a chuva parecia estar quase parando. O tamborilar ritmado na copa das árvores, lá no alto, era agora um murmúrio distante. Apenas as gotas caindo nas poças de lama perturbavam o silêncio enquanto um único raio de sol irrompia entre as árvores da floresta.

Espiando entre as sombras, uma tropa curiosa de macacos bugios se balançava nos galhos mais baixos. Seus olhos seguiam o fio brilhante do raio de sol que iluminava uma figura de braços abertos, caída sob o feixe de luz que clareava o chão da selva. De tempos em tempos, um deles soltava um grito pavoroso e sacudia violentamente o galho onde se apoiava.

Mas os macacos começavam a se desinteressar por esse estranho primo sem pelos, imóvel como um cadáver, lá no chão. Já tinha perdido a graça. Quando começaram a jogar gravetos do alto das árvores, o macaco pelado tentou se defender contra a saraivada de projéteis. Chegou até mesmo a gritar de volta uma vez, na própria língua dele. Mas agora que estava lá deitado, imóvel como um monte de terra, já não despertava mais interesse. Era hora de seguir em frente.

Com o barulho dos macacos lentamente sumindo na distância, a forma inerte soltou um suspiro que soava quase humano. Fingir-se de morto não era uma estratégia de sobrevivência que Beck Granger normalmente usaria, especialmente contra um bando barulhento de jovens bugios. Com o corpo à beira da exaustão, no entanto, precisava desesperadamente poupar o pouco de energia que ainda lhe restava.

E em algum lugar não muito distante, uma ameaça muito pior ainda o espreitava. Havia apenas um único soberano na floresta que cobria as montanhas de Sierra Nevada, na Colômbia, e não era humano. Quando a noite começasse a cair, a poderosa pantera, rainha de todos os felinos da selva, recomeçaria a patrulhar seu território.

Durante todo o dia, o jovem adolescente sentiu sua determinação vacilar sob o massacre combinado de chuva, calor e fome. Recorrendo às últimas forças e usando todo e qualquer conhecimento adquirido ao longo de uma infância dedicada ao aprendizado da sobrevivência, ele havia se obrigado a avançar. Contra todas as possibilidades, sobrevivera, e, em algum lugar daquela floresta, estava o objetivo que ele buscava.

Em seu sono febril, estivera cara a cara com o Índio mais uma vez. Lembrava-se da primeira vez que vira aqueles olhos brilhantes. Quanto tempo parecia ter se passado. O festival. Os gêmeos. Don Gonzalo. Aquela

noite extraordinária na praça. O início da missão desesperada para encontrar a Cidade Perdida.

E foi então que se lembrou. De seu pescoço pendia
um amuleto enlameado na forma de uma rã dourada, os
olhos brilhando à luz do sol, a boca escancarada. A adrenalina disparou pelas veias de Beck. Ainda lhe restava
uma última chance.

Respirando profundamente, ele trouxe o amuleto para
os lábios.

E soprou.

CAPÍTULO 1

Beck Granger saiu para a varanda do hotel cinco estrelas, o Casa Blanca, e assobiou.

— Isso — murmurou baixinho — é irreal.

Saudada por uma multidão barulhenta, uma procissão interminável de carros alegóricos fluía pelas estreitas ruas de paralelepípedos rumo à praça principal abaixo.

Efígies de homens com bigodes extravagantes, vestindo gibões e golas decoradas, oscilavam de um lado para outro acima da multidão, enquanto, em pequenos intervalos, um rugido de aprovação ecoava à aparição de um carro alegórico especialmente caprichado. O festival anual de Cartagena estava a todo vapor, e os acordes da salsa, congo, rumba e ritmos caribenhos das bandas de metais ecoavam, levados pela brisa.

Atrás de Beck, no salão de onde acabara de sair, a cena não podia ser mais diferente. Dignitários elegantes conversavam em pequenos grupos enquanto garçons de uniformes brancos e engomados circulavam silenciosamente entre eles. Um quarteto de cordas tocava uma valsa elegante. Beck reconheceu vagamente a melodia como algo daquela velha e entediante coleção de músicas clássicas do tio.

— Maneiro! — murmurou ele pela milionésima vez naquele dia. A Colômbia certamente era um país diferente. Também era um mundo diferente. Sua cabeça voltou para a semana anterior. Nada de manhãs chuvosas engolindo o café no caminho da escola. Nada mais de senhor Braintree e aulas duplas de matemática por um mês inteiro. E a senhora Armington (Armadura, como os garotos a chamavam) teria que se virar para espantar os pombos do pátio da escola, agora que os garotos tinham saído para o feriado de Páscoa. O sorriso de Beck chegava quase a doer.

— Beck! *Hola!* Amigo!

Beck despertou do devaneio. Os rostos idênticos de gêmeos adolescentes sorriram travessamente para ele. As palavras emergiram simultaneamente de debaixo de duas cabeleiras cacheadas, que mais pareciam esfregões castanhos, maçãs do rosto pronunciadas e sobrancelhas arqueadas. Não fosse pelas pesadas argolas de ouro penduradas nas orelhas da irmã, que estava à direita, ele poderia jurar que estava vendo dobrado.

— Marco. Christina. *Buenos días.*

Apenas 24 horas após chegar à América do Sul, Beck já tinha aprendido diversas frases úteis em espanhol, mas ainda não havia qualquer risco de ser confundido com um nativo. Ainda bem que o inglês dos gêmeos era um pouco mais avançado. Eles tinham se conhecido no dia anterior, quando os dois e o pai haviam recebido Beck e o tio no aeroporto. Mesmo assim, ele já se sentia parte da família.

— Espero que esteja gostando da festinha, *señor* Beck — disse Marco. — Você e o seu tio chegaram aqui na hora certa. Nosso festival é o melhor, os colombianos sabem como fazer uma festa. Mas vamos entrar, papai já vai fazer começar o discurso. Agora vamos saber do que se trata isso tudo.

— E o porquê de você e seu tio terem vindo para cá... — completou Christina. — Não é meio estranho ele não ter dito o motivo?

— Aprendi a não fazer perguntas — respondeu Beck, cauteloso. — O tio Al sempre fala que a paciência é uma virtude. Ele gosta de manter seus projetos em segredo até o fim do semestre letivo. Assim eu não me distraio do trabalho da escola. Ou pelo menos é o que ele me diz.

Christina foi na frente para o salão, onde o quarteto de cordas tinha parado de tocar e o público esperava em silêncio e expectativa. Serpenteando entre os convidados, conseguiram atravessar o enorme salão. Beck viu o tio conversando animadamente com um pequeno grupo de VIPs. A julgar pelo copo de champanhe pela metade numa mão e o grosso charuto cubano na outra, ele estava gostando de ser o centro das atenções.

Com pouco mais de sessenta anos, o professor Sir Alan Granger era um dos antropólogos mais respeitados do mundo. Ao longo dos anos, seus estudos de povos tribais tornaram-se textos clássicos, leitura obrigatória para estudantes universitários de todo o mundo. Mais recentemente, sua participação como jurado de um *reality show* tornara seu nome conhecido em todo o Reino Unido.

Mas, para Beck, ele seria sempre o bom e velho tio Al, que se sentia mais à vontade examinando pedaços de ossos queimados no fundo de uma cova, ou fragmentos de pergaminho num microscópio, do que jogando conversa fora com os ricos e famosos.

Tio Al tornara-se o tutor de Beck desde aquele dia terrível, quando o diretor o havia chamado para lhe dar notícias pavorosas: seus pais estavam desaparecidos, possivelmente mortos. Seu pequeno avião havia caído na selva, e os destroços espalharam-se por quilômetros. Os corpos jamais foram encontrados, e o motivo da queda do avião nunca foi esclarecido.

CAPÍTULO 2

Nos três últimos anos, desde a trágica morte de seus pais, Beck acabou ficando muito próximo do tio Al, agora o considerando seu segundo pai. Por meses, Beck ficara inconsolável, mas tia Kathy e tio Al, dizendo-lhe para jamais desistir da vida — e preparando pratos fantásticos na cozinha —, gradualmente fizeram com que se reanimasse.

Como a maioria da família Granger, tio Al foi um viajante durante toda a vida. Seu trabalho muitas vezes o levava aos lugares mais remotos e selvagens do mundo por meses, e, sempre que isso coincidia com as férias escolares, chamava Beck para acompanhá-lo. Mais de uma vez, teve motivos para agradecer pelas habilidades de sobrevivência do adolescente.

Com apenas treze anos, Beck já sabia mais sobre a arte da sobrevivência do que a maioria dos especialistas militares aprende a vida inteira. David Granger, o pai de Beck, fora diretor de Operações Especiais da Força Verde, um grupo de ação ambiental direta, e a família vivera com tribos remotas em alguns dos mais distantes lugares da terra, da Antártida à selva africana.

Poucas semanas antes do fim do período letivo, Beck havia recebido um e-mail enviado por telefone via satélite de algum lugar perdido da Amazônia. Tio Al fora convidado pelo prefeito de Cartagena para acompanhá-los no feriado de Páscoa, na Colômbia. A passagem de avião fora reservada e Beck partiria no dia seguinte ao encerramento das aulas.

Beck supôs que o convite significava mais do que apenas um feriado ao sol, mas tio Al preferiu não entrar em detalhes. Após uma tarde chuvosa na biblioteca da escola procurando a Colômbia num mapa da América do Sul e depois pesquisando a respeito na Internet, Beck finalmente encontrou algumas informações a respeito do misterioso prefeito de Cartagena.

O prefeito Rafael de Castillo, que ele conhecia melhor como o pai de Marco e Christina, descendia diretamente de Don Gonzalo de Castillo, um famoso conquistador. Gonzalo navegara com Cristóvão Colombo em suas viagens de descoberta do Novo Mundo. Ficara famoso por fundar Cartagena, enriquecera absurdamente e morrera em circunstâncias misteriosas após uma expedição secreta perto das montanhas de Sierra Nevada.

A essa altura, Beck e os gêmeos tinham finalmente conseguido se espremer por entre a multidão até chegarem a uns dois metros do púlpito, numa das extremidades do magnífico salão do hotel Casa Blanca. Enquanto se acotovelavam para conseguir uma visão melhor dos oradores, ouviram um apito de microfonia e o pigarrear amplificado de alguém pigarreando.

— *Señoras y señores* — trovejou uma voz incorpórea.

Uma salva de palmas educada seguiu-se à apresentação do prefeito, e o pai dos gêmeos aproximou-se do microfone. Um homem alto, com cabelos escuros bem penteados, Don Rafael lembrava a Beck um antigo astro de Hollywood, da época dos filmes em preto e branco. Certamente, era um orador experiente. De tempos em tempos, sorrisos afloravam no rosto dos convidados, seguidos por uma explosão de risadas pelo salão.

— Ele sempre conta essa aí — gritou Christina na orelha de Beck durante uma gargalhada geral especialmente ruidosa. — Olha lá, ele vai mexer no bigode agora. Sempre faz isso quando está de bem com a vida. — Marco e Christina tiveram um duplo ataque de riso quando Don Rafael seguiu o procedimento à risca.

A multidão silenciou mais uma vez quando a expressão séria do prefeito indicou que ele estava chegando ao clímax de seu discurso. Com um floreio teatral do braço, apontou para uma enorme pintura a óleo pendurada numa moldura dourada e enfeitada, presa à parede revestida de carvalho atrás dele. O retratado, um homem mais ou menos da mesma idade que o próprio Don Rafael, vestindo gibão e meias altas, olhava para além das muralhas de um porto. A mão direita apontava para uma flotilha de navios de guerra com as velas cheias e as bandeiras tremulando sob a brisa.

Beck percebeu imediatamente de quem era o retrato. Quando o pai dos gêmeos adotou a mesma pose majestosa, o grande conquistador Gonzalo de Castillo, fundador de Cartagena, emergiu de sua tumba. Uma vez mais o salão explodiu em aplausos espontâneos.

— Dá para ver a semelhança de família? — gritou Marco acima do ruído. — Eu reconheço aquele nariz em qualquer lugar. Por sorte, o papai não passou ele para a gente.

— Espero que ele não tenha convidado toda essa gente aqui para dizer que se acha um conquistador — complementou Christina. — Isso seria realmente constrangedor.

Quando os aplausos se extinguiram uma vez mais, todos os olhos se voltaram para o tio Al, que cumprimentou seu anfitrião e a multidão. Por trás com uma leve mesura da excentricidade característica, que o público da TV achou tão adorável — aquele "tio" predileto, exibido e atrapalhado com seu chapéu panamá — estava um dos mais argutos cérebros de sua geração.

Don Rafael falava rápido agora, e o silêncio do público e os olhares de expectativa refletiam seu entusiasmo. Mas foi só quando o prefeito se referiu ao nome El Dorado que Beck se deu conta de que havia algo fora do comum no ar. A expressão que se via no rosto dos gêmeos dizia tudo, enquanto suas bocas se abriam de espanto. O prefeito continuou a se dirigir à assembleia, a voz cada vez mais animada.

— Meu pai acha que sabe onde está a Cidade Perdida — sussurrou Marco, quase sem fôlego. — Foi encontrada por um pequeno grupo de conquistadores liderados por

Gonzalo e novamente perdida por séculos. Ninguém jamais soube onde procurar. Até hoje.

— E o seu tio veio nos ajudar a encontrar — completou Christina. — A expedição foi mantida em segredo até agora, mas todas as providências foram tomadas e tudo estará pronto para partir na semana que vem.

— Bem vindo à Colômbia, amigo!

CAPÍTULO 3

Um sorriso enorme se abriu no rosto do tio Al quando Beck e os gêmeos tropeçaram uns nos outros na pressa de subir até o palco depois que os discursos terminaram. O prefeito Rafael foi cercado por um grupo animado de convidados especiais, mas tio Al mal podia esperar para falar com os três animados adolescentes.

— Manter segredo disso para você foi minha missão mais difícil até hoje, Beck, meu jovem — disse ele, sorrindo como o gato de Cheshire. — Mas o meu bom amigo, o prefeito Rafael, insistiu. Fazem as coisas de um jeito diferente aqui. As paredes têm ouvidos. Boca fechada e essa coisa toda. Captou? — E puxou um olho para baixo de leve com o dedo, fitando o sobrinho.

Com o canto dos olhos, Beck viu os gêmeos olhando para o tio Al como se ele estivesse falando árabe antigo.

— Espero que você leve a gente junto para encontrar a Cidade Perdida, hein, tio Al? — disse Beck quando finalmente conseguiu participar da conversa. — Parece muito mais legal do que a nossa última viagem. — Ele e o tio Al tinham se aventurado pelo deserto no que deveria ter sido uma expedição rotineira para estudar os vestígios dos antigos núbios do Sudão. — Especialmente quando é a cidade que está perdida, e não a gente — acrescentou com malícia.

— Certo, certo, já basta, meu menino — respondeu tio Al, apressado, piscando para os gêmeos. — Não dá para ganhar todas. Perdido, perdido e meio. *Mea culpa. Stupidus maximus, et cetera.*

— Espero que esses dois malandrinhos estejam cuidando bem de você, Beck — disse uma voz trovejante com forte sotaque espanhol. O prefeito Rafael tinha conseguido escapar da multidão de convidados e vinha a passos largos pelo palco na direção deles. Empinou-se orgulhoso entre os gêmeos, colocando os braços nos ombros de cada um.

— Sim, senhor. Eles justamente iam me contar sobre seu ancestral, Don Gonzalo, e sobre a Cidade Perdida — respondeu Beck, ainda um pouco assombrado pela figura grandiosa de Don Rafael. O prefeito vestia o uniforme oficial, exibindo uma faixa vermelha brilhante na cintura e um chapéu que parecia ter sido usado pela última vez por um dos conquistadores de Gonzalo.

— Papai acha que é o Gonzalo, não é, pai? — disse Marco.

— É por isso que ele virou prefeito — respondeu Christina, com um sorriso maroto. — Só assim para poder vestir essas roupas engraçadas.

Ela fez uma pausa e deu uma cotovelada de leve na barriga do pai.

— Mas Beck quer saber se a gente pode participar da expedição para encontrar a Cidade Perdida, não é Beck? — prosseguiu ela, concordando freneticamente com a cabeça na direção de Beck.

— Bem, não... Quero dizer... Bem, na verdade, sim, senhor — gaguejou Beck.

Neste exato momento, um gongo soou alto, abafando a resposta do prefeito. Ao mesmo tempo, um homem com jeito oficial, de óculos escuros e um quepe bordado com enfeites dourados, apareceu junto ao ombro do prefeito e cochichou alguma coisa em seu ouvido. Beck observou a longa cicatriz num dos lados do rosto do homem; a testa estava coberta de gotas de suor.

O prefeito Rafael franziu a testa de leve, como se as palavras do policial o tivessem aborrecido, antes de abrir um sorriso forçado para falar com Beck.

— Parece que precisamos prosseguir — disse. — Ramirez acaba de me avisar que preciso estar pronto para os fogos às sete em ponto, e já estamos um pouco atrasados. Seu tio e eu precisamos... Bem... nos juntar às massas, como se diz. Beck, que tal aproveitar um pouco do festival com os gêmeos e depois nos encontrar para os fogos?

Deixando o prefeito e o professor Granger com o sinistro Ramirez, Beck e os gêmeos saíram do hotel e se misturaram com os foliões.

— Vem atrás da gente, se conseguir — gritou Marco, acima do tumulto. — Vamos para a igreja do outro lado da praça. Tem uma coisa que você precisa ver lá. Explica um monte de coisas sobre a Cidade Perdida. Você vai ver!

O festival estava a todo vapor agora, e Beck deixou-se levar pela multidão. Às vezes se sentiu como se tivesse sido lançado ao mar e boiava como uma rolha no meio das ondas. Para todos os lugares que olhava, encontrava visões mágicas, e seu cérebro disparava e registrava tudo como uma câmera em modo sequencial.

Nas barraquinhas em torno da praça eram vendidas fatias de carne assada sobre tijolos quentes, enroladas em folhas de bananeira. Pilhas de frutas cobriam as calçadas, e cavalos brancos impecavelmente limpos trotavam elegantemente pela rua.

No meio da praça, um artista de rua com o rosto pintado de giz branco e lábios cor de cereja se misturava com a turba. Era um mímico, copiando silenciosamente os movimentos dos passantes desavisados. Beck riu em voz alta quando o homem rebolou os quadris junto com uma jovem *señora* de vestido de bolinhas que de nada suspeitava.

Quando os três adolescentes finalmente chegaram ao outro lado da praça, Beck olhou para cima, para a fachada ornamentada da igreja da Virgem Santíssima. As torres douradas brilhavam sob o sol poente, e uma imagem finamente esculpida mostrava a Madonna e a Criança olhando serenamente do alto para eles, de dentro de um nicho sobre as gigantescas portas de madeira.

No alto de uma escada tortuosa de pedra, Beck reconheceu os traços inconfundíveis do conquistador, Don

Gonzalo. A estátua fora claramente copiada da pintura a óleo pendurada no salão de baile do hotel Casa Blanca.

— Don Gonzalo tem a melhor vista da praça — riu Christina. — Papai tirou uma foto minha uma vez, quando eu era bebê, sentada nos ombros dele durante o festival. Não sei bem se este garotão aguentaria meu peso hoje em dia. Provavelmente, a cabeça dele ia cair.

— Existem muitas lendas sobre o nosso ancestral — disse Marco. — Ninguém sabe ao certo o que é verdade e o que não é. Mas sabemos que, em 1512, Gonzalo foi o capitão do primeiro navio a chegar à América do Sul. Não muito longe daqui. As descrições nos velhos livros parecem falar do paraíso. Coqueiros e areia branca se estendendo até onde a vista alcançava. Os conquistadores provavelmente acharam que deveriam ter trazido suas pranchas de surfe. Mas acho que, na verdade mesmo, Don Gonzalo não devia ter muito tempo para ficar à toa na praia.

— Primeiro eles acharam que toda a costa era desabitada — prosseguiu Christina —, mas então encontraram rastros na floresta e perceberam que havia pessoas lá, afinal. O povo que conhecemos hoje como os kogis.

— Os quem? — perguntou Beck.

— Os kogis — explicou Christina. — Uma tribo indígena que mora mais para o interior nas florestas de Sierra Nevada. Um pouco parecidos com os maias e astecas que Cortés encontrou no México. Mas os kogis jamais foram derrotados pelos conquistadores e ainda vivem nas montanhas, exatamente como naquele tempo. Aprendemos sobre eles na escola, mas raramente os vemos. São muito tímidos e não gostam de se misturar com as pessoas da cidade.

"Sabem fazer joias de ouro, como os astecas. Mas, para eles, o ouro não era como o dinheiro para nós. Era oferecido em sacrifício aos seus deuses. Eles enterravam objetos de ouro no solo, em seus locais sagrados, ou os jogavam em lagos sagrados. Foi por isso que os conquistadores acharam que era o El Dorado, a Cidade de Ouro."

CAPÍTULO 4

— Então, deixa eu entender isso direito — disse Beck, olhando inquiridor para os gêmeos. — Seu tatara-tatara-tatara-tatara-tatara-avô, ou quase isso, chegou à praia e foi procurar El Dorado nas montanhas, onde os índios kogis moravam.

Marco concordou e olhou Beck nos olhos.

— Quando Gonzalo encontrou a cidade, tinha apenas uns poucos homens, então voltou para Cartagena para organizar outra expedição. Mas, antes que pudesse retornar, os índios abandonaram a cidade e modificaram as trilhas da floresta, e assim Gonzalo nunca mais conseguiu voltar. Sua vingança foi incendiar uma das aldeias dos kogis. Morreu logo depois. Alguns dizem que foi envenenado. Mas a única coisa que sabemos com certeza foram suas últimas palavras.

Os gêmeos apontaram para o brasão de armas gravado na base da estátua de Don Gonzalo. Beck leu em voz alta as palavras esculpidas na pedra em letras góticas elaboradas.

— *Perdido. Yá. No. Más.* O que significa?

— *Perdido, yá no más* — ecoou Marco. — O lema da família. Significa "Não mais perdido", mas ninguém sabe por que ele disse isso quando não tinha mais como encontrar a Cidade Perdida.

— Você disse que ele foi envenenado — disse Beck. — Por quem?

— Talvez por outros conquistadores que quisessem encontrar o ouro da Cidade Perdida. Talvez pelos próprios kogis. Alguns dizem que poderia ter sido uma maldição deles. Ninguém sabe ao certo — respondeu Marco.

A cabeça de Beck girava enquanto ele tentava absorver a incrível história dos gêmeos. Os blocos do festival continuavam a chegar à praça. Uma imagem gigante de Don Gonzalo foi seguida por um galeão espanhol com as velas enfunadas. A tripulação era de belas rainhas de biquíni e cabelos negros, precariamente penduradas nos mastros, sorrindo e acenando para a multidão.

Nesse momento, uma onda de aplausos irrompeu pela praça. A maior de todas as imagens que Beck já tinha visto estava fazendo sua grande entrada. Um gigantesco sapo de papel machê, pintado de verde-esmeralda, passava apertado por um arco cerimonial e chegava à praça. Mas seu corpo bulboso era tão gigantesco que ele ficou entalado e não conseguiam movê-lo.

Voluntários que estavam por perto se juntaram ao esforço de empurrar e puxar, mas sem sucesso. Então, para a alegria da multidão, uma gangue de sósias de Elvis veio correndo do bloco de trás e começou a manobrar o sapo para os lados.

O anfíbio finalmente adentrou a praça, a pança gigante à frente da multidão, tal qual um lutador de sumô, e as duas patas enormes esticadas sob seu volume como imensos balões. Beck achou os olhos saltados das órbitas no alto da cabeça parecidos com os faróis no topo de um caminhão.

— Morra de inveja, Caco — murmurou para si mesmo.

— Tem mais uma coisa que você precisa saber — já lhe dizia Christina com enorme sorriso. Apontando para onde o sapo era finalmente levado, no lugar de honra no centro da praça, fez uma pausa para suspense.

— Ele também está no nosso brasão de armas.

— Um sapo gigante? — perguntou Beck. — Daqui a pouco você vai me dizer que o Mickey tem alguma coisa a ver com isso.

— *La rana*, a rã, é uma parte importante da lenda — explicou Christina. — É uma rã, na verdade, a deusa da fertilidade dos índios kogis. Eles acreditavam que, se não fosse por sua proteção, todo o ouro da Cidade Perdida teria sido roubado. E, assim, a floresta e os kogis... O mundo inteiro, na verdade... Acabariam. É por isso que a imagem de Gonzalo e da deusa rã são as figuras centrais do festival.

— Então a Cidade Perdida é mais do que apenas uma cidade perdida para nós — completou Marco. — É parte da história da família também. É por isso que o papai quer tanto encontrá-la. E, para isso, ele precisa do seu tio. Alguém que compreenda os índios e sua cultura. Do contrário, ele acha que pode acabar tendo mesmo destino que Gonzalo.

Beck sentia-se atordoado. Os últimos fogos começariam em meia hora e não havia mais tempo para novas perguntas. Marco já seguia na frente, mergulhando de volta na multidão para que pudessem pegar seus lugares com os convidados de honra na plataforma do outro lado da praça.

— Fique junto — gritou ele para trás. — A gente deve chegar bem na hora.

A noite já estava caindo, e as tochas de parafina começavam a ser acesas, em preparação para a noite de diversão. A multidão tornara-se ainda mais barulhenta e Beck sentia o cheiro de aguardente no hálito dos foliões mais ruidosos. As sombras tremulavam e dançavam pelas paredes no entorno da praça.

Foi então que Beck o viu. Ou, para ser mais exato, sentiu os olhos do homem o atravessando. Era como se um feixe de laser tivesse varado seu coração. O índio vestia uma túnica branca de lã e um gorro pontudo. O cabelo espesso e negro pendia em tranças sobre os ombros, os olhos eram tão brilhantes que parecia haver uma luz acesa em seu interior.

A princípio, Beck achou que o homem estivesse mendigando, mas algo no seu jeito e na expressão de seu rosto, nem sério, nem sorrindo, era por demais digno para isso. Os olhos eram tão hipnóticos que, por um momento, Beck sentiu como se o homem andasse por dentro de sua mente e fosse capaz de ler seus pensamentos. Naquele momento, Beck tinha consciência apenas do ritmo dos tambores e das sombras bruxuleantes pela praça. Subitamente, sem sequer mover os olhos, o índio veio direto para ele e sussurrou três vezes em seu ouvido:

— *Perdido, yá no más.*

E Beck desmaiou.

CAPÍTULO 5

De volta à varanda do hotel Casa Blanca, o chefe de polícia Pedro Ramirez examinava atentamente a multidão na praça. Escondidos por óculos escuros estilo aviador, o preferido dos homens da segurança e ditadores de todo o mundo, seus olhos disparavam inquietos de um lado para outro.

Não por acaso, seus homens o conheciam como *El Reptil*, o Réptil. Diziam que seus olhos frios não deixavam passar nada. Alguns até brincavam, dizendo que ele nunca tinha sido visto piscando. Mas, para o chefe de segurança de Cartagena, o dia do festival anual não era diferente de nenhum outro. Era um dia de trabalho, não de diversão.

Percorrendo os telhados com olhos de especialista, cuidadosamente tomou nota das posições de seus homens enquanto, em intervalos de alguns segundos, o microrreceptor de rádio em seu ouvido estalava. Até então, o dia vinha correndo bem. O prefeito fizera o discurso para os convidados, e a multidão parecia estar se comportando, apesar de uns poucos baderneiros locais terem bebido um pouco mais da conta.

A reputação de Ramirez de eficiência implacável e disciplina férrea fora duramente conquistada, e ele não estava disposto a abrir mão dela agora. Em seu turno, tudo sairia conforme planejado. E, com as notícias da expedição para a Cidade Perdida espalhando-se pela multidão como um incêndio descontrolado, ele não queria correr riscos.

O cronograma foi estritamente seguido. O prefeito Rafael fez um discurso breve, conforme solicitado. E, o caso de ele ter demorado, um dos homens de Ramirez fora posicionado junto ao técnico de som para cortar o microfone mediante um sinal pré-combinado. Os convidados deslocaram-se do salão para a plataforma externa sem muita confusão. Quando se tratava de um evento público impecável, não havia dúvidas sobre o responsável pelo espetáculo. E não era o prefeito Rafael.

Mas essa era a parte fácil. Agora que a luz começava a diminuir e a multidão ficava mais animada, manter o controle de qualquer distúrbio seria um pouco mais complexo. E, de todos aqueles anos, este era o que trazia motivos para Ramirez ficar nervoso.

No momento em que se virava para descer para o palco mais abaixo e se juntar aos convidados, uma comoção no meio da multidão o fez parar. Para sua irritação, a visão estava bloqueada pela figura volumosa da rã, cujos olhos saltados e a boca sorridente pareciam zombar dele.

Ramirez xingou e pegou o rádio.

— *Qué pasa* — gritou.

Uma tempestade de estática explodiu em seu ouvido. Ramirez ouviu atentamente. Via dois de seus homens espiando a multidão com binóculos poderosos do alto da igreja do outro lado. Nas sombras da torre do sino, um rifle de alta velocidade com mira telescópica foi colocado em posição de tiro.

Ramirez sorriu. Seus homens haviam sido bem treinados. Mas é claro que ele já sabia disso. O chefe de polícia Pedro Ramirez não fora o comandante do Centro Nacional de Treinamento Policial em Bogotá por cinco anos à toa. Os homens sob seu comando não apenas eram escolhidos a dedo; eram igualmente treinados um a um.

Quando o ruído em seu ouvido cedeu, Ramirez relaxou. Ao desmaiar de Beck, um tumulto se formara no meio da multidão compacta, e, nessa confusão, começara uma briga. O distúrbio se acalmara tão rápido quanto começara. O rifle foi recolhido de volta para as sombras da torre do sino.

Na plataforma de observação abaixo, alheio a qualquer problema, o prefeito Rafael e seus convidados preparavam-se para o clímax do festival.

— Vocês soltam fogos para o seu *Señor* Fawkes, professor Granger? — perguntou o prefeito para o seu distinto convidado. — Mas apenas para o *Señor* Fawkes. Não estou certo? Na Colômbia, muitas datas são comemoradas com fogos de artifício. Mas para o nosso festival aqui em Cartagena queremos o máximo. *El óptimo!* Os melhores de todos. Você vai ver em breve.

O prefeito levantou-se diante de um rugido de aprovação da multidão, que ele saudava curvando-se como um estadista e logo se aproximando de uma porção de microfones apinhados diante do palco. Tio Al, com um sorriso educado, ouviu um discurso muito parecido com o do salão do hotel Casa Blanca. Só que, dessa vez, não houve menções à Cidade Perdida. Para o claro encantamento do prefeito, uma vez mais a multidão riu nos momentos certos.

Quando Don Rafael se virou para apresentar seu máximo convidado de honra com um floreio aristocrático, o professor Granger reconheceu as palavras *pirata inglés*. Pego de surpresa, ele levantou o chapéu-panamá e acenou com nervosismo para a multidão sem saber ao certo o que o prefeito dizia.

Foi então que a ficha caiu. Claro que o prefeito Rafael tinha um senso de humor um tanto inconveniente. Sir Francis Drake, o conquistador da Armada Espanhola, invadira a cidade em 1586. Em troca do perdão, um grande resgate fora pago, e até os dias atuais, todos os ingleses eram considerados piratas. Mas, a julgar pela reação popular, não havia ressentimentos. Alan Granger respirou aliviado.

Quando o prefeito terminou seu discurso, o caos finalmente tomou conta da noite. Estrelas explodiram e fachos flamejantes formaram uma barreira sonora. Fontes de fogos banharam a multidão num arco-íris de luz colorida. O povo gritou e saudou com aprovação.

* * *

Encurralado no meio da praça, Beck finalmente recuperava os sentidos após o encontro com o índio. Sentiu alguém o sacudindo, uma voz que mal reconhecia gritava em seu ouvido.

— Beck. Beck. O que aconteceu? Você está bem?

A voz oscilava e ecoava, como se alguém o chamasse do alto de um poço.

Beck esforçou-se para conseguir se lembrar onde estava. Estrondos explodiam ao seu redor, e um artista louco parecia espalhar jatos de tinta por dentro de seu crânio. Subitamente, num raio, ele lembrou. Cartagena. Os gêmeos. O festival. O índio de olhos brilhantes.

Beck sentou-se devagar e olhou ao redor. O sangue tinha sumido de seus traços usualmente corados e o cabelo castanho estava ainda mais desgrenhado que o normal.

CAPÍTULO 6

— Beck, Beck, você está bem? O que aconteceu? Parece que viu um fantasma.

Ele reconheceu a voz de Christina enquanto Marco o ajudava a se levantar.

— O que aconteceu com o índio? — murmurou. — O índio de olhos estranhos. Com certeza vocês o viram.

Ele descreveu o homem que vira na multidão. Conseguia visualizá-lo novamente em sua cabeça: a túnica branca, as sobrancelhas grossas e escuras emoldurando os olhos brilhantes.

Christina ouviu atentamente, a boca se abrindo de espanto conforme Beck descrevia o homem.

— Beck, o homem que você viu é um kogi. Lembra? A tribo que mora na floresta de Sierra Nevada, onde a Cidade Perdida foi encontrada por Don Gonzalo.

— Sim — disse Marco, solenemente enunciando os pensamentos silenciosos da irmã. — Mas não havia kogis na multidão hoje, Beck. Os Mamas, seus sacerdotes,

40

proíbem isso. Você deve ter sonhado. Deve ter uma imaginação muito vívida, meu amigo.

— Mas eu o vi, ele falou comigo... Sim, eu lembro. *Perdido, yá no más*. Repetiu três vezes. É o lema de Gonzalo, não é? "Não mais perdido".

A resposta de Marco foi abafada por uma salva de estrondos e luzes quando uma nova saraivada de fogos espocou lá no alto. O Grande Desfile que marcava o fim do festival tivera início e os blocos começavam a passar pela frente da plataforma dos convidados. Os adolescentes viram o prefeito aplaudindo e acenando como um possesso.

— É o grande momento do papai — gritou Christina. A imagem de Don Gonzalo balançava em direção ao palco. Acompanhada por uma guarda de conquistadores, oscilava como bêbada sobre a multidão, indo de um lado para outro. Quando ficou próxima, o prefeito se levantou e fez um sinal para o professor Granger subir a bordo. As duas beldades que Beck vira antes saudaram os homens, beijando-os nas bochechas, e penduraram guirlandas de flores em seus pescoços.

— Rápido — gritou Marco. — Estamos perto do Arco de Gonzalo, onde o desfile sai da praça. Se a gente correr, vamos conseguir ver os carros alegóricos passarem.

Ainda se sentindo meio sem equilíbrio, Beck seguiu os gêmeos, abrindo caminho pela massa até onde um grupo dos homens de Ramirez continha a multidão com cordões dos dois lados do caminho até o arco.

— Estranho — disse Christina no ouvido de Beck. — Eu nunca vi a multidão ser impedida de se aproximar dos carros alegóricos antes. O poder deve ter subido à cabeça de Ramirez. Eu só queria que ele deixasse todo mundo se divertir. — Beck olhou para ela sem entender. — Ele é aquele palhaço de uniforme que foi falar com o papai lá no salão — completou ela. — É o chefe da polícia de Cartagena. Gosta de achar que é quem manda na cidade.

Além do cordão de policiais, Beck viu os cavalos que puxavam o carro de Gonzalo resfolegarem e baterem com as patas no chão, nervosos. Eles arregalaram os olhos quando a explosão e os assobios dos fogos de artifício sacudiram a praça. Os dois conquistadores que seguravam a cabeça dos animais estavam falando em fones de ouvido e pareciam sinalizar com a cabeça para a polícia.

Enquanto o carro alegórico de Gonzalo passava, eles ouviram algo que parecia uma lata quicando nos paralelepípedos. Foi seguido por uma explosão abafada, e uma densa fumaça engolfou a multidão. A polícia imediatamente os cercou, empurrando a multidão de volta para o meio da praça.

— Marco, Christina! Abaixem-se! Abaixem-se! — gritou Beck, empurrando os gêmeos para o chão. — Tem alguma coisa errada. Essa fumaça não é dos fogos de artifício.

Os homens de Ramirez já estavam vindo de todos os lados, e o pânico começou a se espalhar pela multidão. Uma série de explosões ecoou pelas casas, e Beck viu os rifles aparecendo de trás das balaustradas dos telhados. O *vup vup vup* profundo das hélices de um helicóptero surgiu do céu.

— *Estúpido!* — gritou Marco. — Aquele idiota do Ramirez está conseguindo piorar as coisas. Aquele helicóptero está jogando toda a fumaça sobre a multidão.

— Sigam-me — gritou Beck, forçando o caminho pela multidão em direção ao arco, onde o redemoinho de fumaça verde parecia mais fino. Finalmente, agachando-se mais uma vez, ele conseguiu respirar ar puro.

— Olha! Aqui! — disse Marco. — Estou vendo por debaixo da fumaça. Estão tentando resgatar o papai e o professor Granger. Tem um carro e... — Sua voz falhou quando o barulho de uma segunda lata quicando pela rua foi imediatamente seguido por um *fup!* e um forte assovio; mais nuvens de fumaça densa os engolfaram.

Mas Beck já tinha visto o bastante. Logo antes de a segunda lata explodir, ele vislumbrou algo que fez seu coração ficar gelado. O carro alegórico com a figura de Don Gonzalo havia parado logo abaixo do arco. Uma limusine preta com vidros escuros bloqueava a passagem, e os conquistadores gritavam e agitavam os braços descontroladamente.

Todavia, em vez de espadas, estavam brandindo revólveres e gritando para o prefeito e o professor Granger, que estavam sendo empurrados bruscamente para fora do carro alegórico. As portas da limusine foram abertas, e os dois, empurrados brutalmente para dentro.

Enquanto a fumaça cobria a multidão novamente, a música de salsa que saía dos alto-falantes foi desligada, e Marco reconheceu a voz do chefe de polícia pedindo calma. Nesse momento, eles ouviram o barulho de pneus arrancando vindo lá do arco. A multidão confusa começou a correr para todos os lados.

O cérebro de Beck havia disparado. Um botão fora acionado em sua mente, e o instinto tomou conta. Se ficassem abaixados perto do chão, ainda poderiam respirar enquanto a multidão em pânico se dispersava. Ele fez um gesto para que os gêmeos continuassem abaixados, cobriu a boca e olhou para o arco, os olhos ardendo terrivelmente e os gritos da multidão soando em seus ouvidos.

Após o que pareceu ser um século, a fumaça começou a se desfazer. Os três adolescentes olharam horrorizados para o carro alegórico além do arco. A limusine preta não estava mais lá. A imagem de Don Gonzalo, os braços ainda acenando, estava caída no paralelepípedo, sorrindo amavelmente para o céu. Dois buquês de flores estavam jogados no chão, e as pétalas flutuavam suavemente pelo ar noturno. Um chapéu panamá estava caído de lado na sarjeta.

Mas o prefeito e o professor Granger tinham desaparecido.

CAPÍTULO 7

Naquela noite, Beck teve sonhos perturbadores. Estava de novo na praça. O índio de olhos brilhantes apontava para o céu, onde a floresta de Sierra Nevada parecia pairar nas nuvens. Mas, a cada vez que Beck tentava se mexer, uma onda gigante erguia-se sobre ele e alagava a praça.

Depois, a multidão se transformou em enormes cardumes de peixes, disparando de um lado para outro. Perseguindo-os para lá e para cá, as imagens do festival haviam se transformado em tubarões de dentes afiados e olhos vidrados. E Don Gonzalo, a boca se abrindo num sorriso fantasmagórico, os dentes arreganhados, não perseguia os peixes. Estava atrás de Beck.

Com os pulmões explodindo e buscando o ar com força, Beck debatia-se desesperadamente em direção ao céu. Em algum lugar acima dele podia ouvir o sino da igreja badalando acima das ondas. Conseguia ver a torre claramente além da superfície, brilhando com a luz do sol. Se ao menos pudesse escapar daqueles dentes vorazes. Se ao menos pudesse chegar à superfície antes de se cravarem na carne macia de suas pernas. Se ao menos...

Beck sentou-se com um pulo na cama. Totalmente acordado agora, concentrou-se para se lembrar de onde estava. Os sinos tinham parado e, em algum lugar lá embaixo, era possível ouvir alguém falando.

— *Pronto?*

Beck reconheceu a voz de Marco ao telefone no corredor do primeiro andar. Os acontecimentos dramáticos da noite anterior voltaram à mente todos de uma vez. Sentindo o enjoo no fundo do estômago, ainda via as bombas de fumaça explodindo ao seu redor e o caos irrompendo na praça. A verdade assustadora assaltou-o uma vez mais. O tio Al e o prefeito Rafael tinham sido sequestrados. Beck ouvira falar da fama da Colômbia como a Capital Mundial dos Sequestros e sentiu o coração afundar. Quase que certamente a gangue exigiria um grande resgate para devolver os dois em segurança.

Na noite anterior, num borrão de flashes azuis, pneus cantando e buzinas disparadas, os homens de Ramirez haviam recolhido os três adolescentes da praça. Ainda se recuperando do choque, eles logo estavam de volta à segurança do rancho do prefeito, alguns quilômetros mais abaixo pelo litoral. Beck sentiu-se aliviado ao ver uma cerca de arame de três metros de altura em torno da propriedade.

Doña Maria de Castillo, a mãe dos gêmeos e presidente de uma agência de ajuda internacional, estava em uma viagem de campo para algum lugar remoto na África. O contato com ela estava se mostrando difícil e ninguém sabia quando ela realmente estaria de volta. Enquanto isso, a *señora* Cordova, a governanta, agitava-se em torno deles, preparando a comida e dizendo bem alto para quem quisesse ouvir que tudo ficaria bem.

O chefe de polícia Ramirez estava mais escorregadio do que nunca. Passando o dedo nervosamente para cima e para baixo pela cicatriz na bochecha, tinha os lábios contraídos permanentemente em uma expressão de desprezo. Os gêmeos ouviram-no em silêncio mal-humorado, claramente pouco impressionados pela promessa de Ramirez de que sua equipe estava fazendo todo o possível para encontrar os sequestradores.

— Se são tão bons, por que não impediram a quadrilha em primeiro lugar? — perguntou Marco, quando foram se deitar mais tarde, desanimados.

Agora, na luz fria da manhã, Beck segurava o fôlego e ouvia com toda a atenção. Marco evidentemente falava com Ramirez, que o atualizava com as informações mais recentes. Pelo tom de voz de Marco, Beck adivinhou que as notícias não eram boas.

Vestindo-se apressadamente, foi pela varanda, olhando para o quarto de Christina ao passar. Tudo estava perfeitamente arrumado. Num lugar de honra na parede sobre a cama, uma foto emoldurada da estrela pop colombiana Shakira. Beck não deixou de reparar no autógrafo no pôster e se perguntou quantos astros pop os gêmeos conheciam pelo primeiro nome.

O contraste com o quarto de Marco não poderia ser maior. O cômodo parecia ter sido varrido por um furacão durante a noite: as roupas estavam espalhadas pelo chão em pilhas bagunçadas. Um pôster de um time de futebol colombiano, também autografado, estava preso irregularmente com massa adesiva à parede. Um canto estava solto e se enrolando num ângulo torto.

No corredor lá embaixo, o final da curva de uma escada de madeira que rangia alto a cada passo, Marco e Christina já estavam mergulhados em profunda conversação.

— Ramirez disse que não pode fazer nada até que a quadrilha entre em contato com suas exigências — dizia Marco. — Ele pôs um policial para vigiar a casa, caso tentem nos sequestrar também. Estamos proibidos de sair sob quaisquer circunstâncias. O Réptil diz que é para nossa própria segurança.

— O que ele não quer é a gente enfiando o nariz onde não fomos chamados — disse Christina, jogando os cachos para trás com irritação.

Beck aproveitou a última observação:

— Não podemos ficar sentados e não fazer nada — falou um pouco depois. — De qualquer modo, a quadrilha pode não estar atrás de ouro. Com certeza, deve ter alguma coisa a ver com a expedição à Cidade Perdida. Que outro motivo eles teriam para sequestrar o prefeito e o tio Al logo depois do anúncio?

— Ramirez não queria que meu pai fizesse o anúncio — disse Marco. — Disse que era muito perigoso.

— Mas a quadrilha já devia saber da expedição — disse Christina. — Deve ter vazado de algum jeito. Ramirez provavelmente não conseguiu ficar de boca fechada e contou para algum de seus brutamontes. As paredes têm ouvidos na Colômbia.

— Mas nem mesmo o pai de vocês sabe onde fica a cidade — disse Beck. — Afinal, não seria a Cidade *Perdida* se ele soubesse.

— Sim, mas talvez a quadrilha ache que ele saiba como encontrá-la, e, com o conhecimento especializado do professor Granger sobre os índios, poderiam forçá-lo a levá-los lá — sugeriu Marco.

— E pilhar o ouro antes de os arqueólogos chegarem — completou Christina. O silêncio tomou conta da sala no momento em que essa possibilidade surgiu.

— Você acha que seu pai poderia saber mais do que dizia saber? — perguntou Beck afinal.

— Uma vez ouvi ele contando para a mamãe que tinha certeza de que Gonzalo tinha feito um mapa antes de morrer, mas nunca ninguém da família o encontrou. — Marco fez uma pausa e olhou para a irmã para se reassegurar. Christina assentiu de leve. — Venha com a gente, Beck — falou ele, em voz baixa. — Você precisa ver uma coisa.

CAPÍTULO 8

Os gêmeos foram na frente, por um corredor forrado com placas de carvalho, e pararam diante de uma porta brilhante com uma placa de cobre. Uma única palavra, *Jefe*, fora gravada na placa com letras floreadas. — "Viva o Chefe" — explicou Christina, levantando as sobrancelhas significativamente para Beck.

Marco entrou no escritório do pai e saiu pouco depois, trazendo uma antiga e pesada chave que, para Beck, parecia ter sido usada para trancar os prisioneiros na Torre de Londres. Pendurada junto a essa chave, num chaveiro enferrujado, havia outra que parecia uma miniatura da irmã mais velha.

Mais à frente no corredor, Marco entrou por uma porta. O rancho tinha sido construído no antigo estilo espanhol em torno de um pátio. No centro havia uma fonte com uma intrincada escultura de golfinho e, do outro lado, uma antiga porta de madeira que parecia não ser aberta havia muitos anos.

— Papai sempre a mantinha trancada, sem deixar ninguém entrar. — disse Marco. — A parte antiga foi construída pelo próprio Gonzalo, usando madeira do galeão no qual veio da Espanha. É como entrar na história.

Marco inseriu a maior das duas chaves lentamente na fechadura. Eles ouviram um som enferrujado, como a corrente de uma bicicleta velha, no momento em que a chave girou com um estalo seco. Marco abriu a porta sobre as dobradiças antigas. Os raios matinais do sol iluminaram o interior da sala num redemoinho de poeira. Lá dentro havia uma comprida mesa de madeira, cercada de cadeiras com espaldares altos esculpidos.

Os objetos do dia a dia de um navio de guerra espanhol pendiam das vigas. Um mosquete com a coronha quase completamente apodrecida estava pendurado ao lado de um florete com as borlas carcomidas pelas traças, ainda preso à bainha. Na parede coberta por um painel de carvalho do outro lado, via-se a roda do leme de um navio.

— A mesa foi trazida da nau capitã de Gonzalo — disse Marco. — Achamos que o próprio Colombo pode ter se sentado nestas cadeiras. Muitas lendas cercam Gonzalo. Quando éramos mais jovens, tínhamos muito medo desta sala. Minha família sempre acreditou que Gonzalo estava sentado na cabeceira da mesa na noite em que morreu. — Ele fez uma pausa — Dizem também que qualquer um que sentar naquela cadeira encontrará a Cidade Perdida... — Marco completou com voz trêmula.

— Ou morrerá tentando — Christina estava parada silenciosamente atrás de Beck, e a voz dela o fez dar um pulo. — Papai nunca deixa ninguém entrar aqui, a não ser em ocasiões muito especiais. E, até onde consigo lembrar, ele nunca se sentou na cadeira.

— Até, talvez, há uns poucos dias. — Marco tinha uma expressão séria agora e parecia preocupado. — Um dia antes de você e seu tio chegarem, para ser exato. Papai ficou murmurando o lema da família o dia inteiro. Perguntei o motivo e ele me disse que tinha entrado na sala de Gonzalo; tinha certeza de que havia algum tipo de quebra-cabeça ou uma pista. Mas ele não quis dizer o que era.

— Você acha que o mapa para a Cidade Perdida pode estar escondido nesta sala, então? — perguntou Beck.

— Não é possível — respondeu Marco. — Já procuraram inúmeras vezes, cada centímetro, debaixo das tábuas do chão e atrás dos painéis. Papai queria desesperadamente achar o mapa, mas nunca conseguiu.

Beck entrou lentamente na sala e foi até a cadeira de Gonzalo. Seu coração batia rápido. Quando era criança, aprendera a não acreditar em fantasmas, superstições, contos do Barba Azul ou em coisas que causavam ruídos no meio da noite.

— Batatadas — disse tio Al para ele uma vez. — Um monte de batatadas — e Beck estava inclinado a concordar. Embora, atualmente, ele mesmo usasse uma palavra diferente, bem mais forte, para descrever a mesma coisa. No dormitório da escola, quando ele era menor, logo percebeu que era um dos garotos mais velhos batendo em alguma coisa para assustar os "fedelhos", como chamavam os mais novos.

Uma vez, ele se meteu em maus lençóis quando resolveu virar a mesa depois que as luzes se apagaram para a noite: coberto com um pano branco, pulou em cima de um dos meninos mais velhos, soltando gritos pavorosos. Para seu azar, tratava-se do chefe do alojamento. Bentley, ou Ben Bocão, como era conhecido, preferiu não levar na brincadeira, e Beck passou os dois sábados seguintes na detenção.

Mas, agora, Beck entrava corajosamente pela sala, o velho piso de madeira rangendo assustadoramente sob seus pés. Olhava rapidamente de um lado para outro. Quando criança, passara um bom tempo na selva com os Masais, no Quênia, e aprendera a usar os olhos para sobreviver. Agora, era puro instinto. No anteparo sobre a lareira, viu algumas moedas antigas e os restos esfarrapados de uma velha bandeira.

Por fim, parou atrás da cadeira de Gonzalo e apoiou as mãos no encosto alto. Em seguida, sem avisar, puxou a cadeira de debaixo da mesa. E sentou-se. Um golpe como um choque elétrico atravessou seu corpo enquanto Christina soltava um grito, surpreendida.

CAPÍTULO 9

Foi naquele exato momento que Beck viu. Em cima da lareira, exatamente de frente para a cadeira, um retrato a óleo de Don Gonzalo. A essa altura, ele já reconhecia as feições do conquistador como se fossem as suas. Ninguém poderia se confundir com o cavanhaque, as feições longas e o característico nariz romano.

Mas não foi isso que chamou sua atenção naquele momento. Com seus olhos de águia, Beck observara no momento em que entrou na sala. O dedo apontado de Don Gonzalo e a direção de seu olhar fizeram seu coração disparar. Da posição da cadeira, e única e exclusivamente no lugar onde ele estava sentado agora, via o dedo e os olhos indicando diretamente as palavras sob o brasão da família engastado na moldura ornamentada e folheada a ouro.

— *Perdido, yá no más.* — Beck murmurou as palavras como se estivesse em transe. — É isso! Esta é a pista. Seu pai estava olhando diretamente para ela o tempo todo e nunca percebeu.

Fascinados, os gêmeos acompanharam o olhar de Beck atravessando a sala e fitaram a pintura de Gonzalo sem entender nada.

— Vejam. Sigam seu dedo direto para cima — Beck traçou uma linha reta pelo ar, da ponta do dedo de Gonzalo em direção ao alto do retrato, onde encostava na moldura. — Seus olhos estão fixos no lema da família. Mas o dedo aponta diretamente para a letra O.

No mesmo instante, Marco deu a volta correndo na mesa e tirou o velho quadro empoeirado da parede. Com o quadro sobre a mesa, os três adolescentes examinaram o brasão encravado de madeira de *la rana*, a rã, e o lema da família abaixo.

— E a letra O é diferente de todas as outras — sussurrou Christina, completando a frase de Beck. — Parece estar coberta por algum tipo de retalho.

— E isso porque, na verdade, é uma fechadura — disse Beck, enfiando a unha na curva externa do O esculpido. Ouviram um clique, e a parte central da letra deslizou para o lado. Debaixo dela havia o inconfundível contorno de uma fechadura.

— A outra chave. É a fechadura da outra chave — murmurou Marco. — Beck, você é um gênio. E nenhum de nós nunca tinha visto isso. Nunca soubemos de onde era esta chave, e estava na nossa cara o tempo todo. Todo mundo tinha tanto medo da maldição que nunca ninguém ousou sentar na cadeira de Gonzalo. Era isso que ele estava tentando nos dizer desde o começo.

Com as mãos trêmulas, Marco pegou a chave menor e inseriu-a na fechadura. Girou. Como se por mágica, a barriga da rã no brasão encravado na moldura se abriu. Beck piscou, surpreso. Diante deles estava um amuleto de ouro. Tinha a forma de uma rã, exatamente como a do brasão da família. A barriga se sobressaía e os olhos tinham um brilho verde sob a pouca luz. A boca estava escancarada.

Christina pegou o amuleto pela corrente dourada e balançou-o diante deles.

— *La rana* — disse Marco, incrédulo. — A lenda que nos contavam quando a gente era criança. A rã aparecerá quando a Cidade Perdida for encontrada.

Mas a atenção de Beck foi desviada para um pergaminho dobrado dentro de um recesso delicadamente escavado no fundo do compartimento secreto. As palavras *Mapa Ciudad de Los Koguis* ainda estavam perfeitamente nítidas em letras manuscritas inclinadas.

— Mapa da Cidade dos Kogis — disse Beck, a voz cheia de animação. — Era isso que o pai de vocês estava procurando o tempo todo. Mas ele deve ter resolvido ir atrás da Cidade Perdida sem o mapa...

— ... e os sequestradores devem ter achado que ele a havia descoberto — disse Marco, completando a frase de Beck. — E, agora, pretendem encontrar a Cidade Perdida e saquear o ouro.

— Por fim, então, tudo faz sentido — murmurou Christina, como em transe, a cabeça balançando de leve, acompanhando a rã dourada. — *Perdido, yá no más.*

— *Perdido, yá no más* — ecoou Beck. — Não mais perdida. A Cidade Perdida não está mais perdida.

CAPÍTULO 10

Beck e os gêmeos, agrupados junto à mesa de Gonzalo, examinaram o antigo pergaminho em um silêncio assombrado. À primeira vista, mal se parecia com um mapa. Linhas, cruzes, círculos e números se espalhavam pela página como se o cartógrafo estivesse lidando com uma complexa sequência de equações matemáticas e não com a localização da Cidade Perdida.

No canto inferior direito havia um círculo com uma cruz mal desenhada sobre ele.

— Os pontos cardeais — disse Beck, batendo com o dedo no mapa. — Bem, pelo menos sabemos para qual direção estamos olhando. Esses mapas antigos eram muito básicos; os conquistadores não tinham instrumentos confiáveis para marcar suas posições. — Ele se lembrou de seu período com a tribo Tao, no Pacífico Sul, aprendendo a navegar pelas estrelas.

"Alguns desses números devem ser milhas náuticas, e acho que está dividido em duas seções. Este pedaço aqui deve ser o litoral, mais ou menos onde estamos agora. Olhem aqui! — Ele apontou para onde estava escrito a palavra *Cart*, próximo a um contorno não muito bem feito de um castelo. — Isso deve ser Cartagena. E isso — apontou para o símbolo de um galeão espanhol em miniatura mais além na costa — deve ser onde eles desembarcaram quando fundaram a cidade.

Na parte inferior do mapa estava uma assinatura que Beck achou parecida com a de um documento assinado pela rainha Elizabeth I, que vira uma vez num livro de história na escola. Sobre uma série de curvas e floreios estavam as palavras *Gonzalo de Castillo* com *Año de Nuestro Señor* em letras menores embaixo, seguidas de alguns numerais romanos: MDXXII.

— Mil... quinhentos... e vinte... dois — arriscou Christina, examinando os números com atenção. — Eu sabia que aquelas aulas chatas de latim iam servir para alguma coisa um dia. Este é o ano da morte de Gonzalo. Ele deve ter escondido o mapa pouco antes de morrer.

— Ou ter sido assassinado, como conta a lenda — murmurou Marco, sombriamente.

Suas palavras foram interrompidas pelo badalar de um sino vindo do pátio ali fora. Os adolescentes deram um pulo, sentindo-se culpados, como se tivessem sido pegos com o dinheiro na mão depois de roubarem o banco.

— Rápido — disse Marco. — Tem alguém na porta de entrada do rancho. Não podemos deixar ninguém ver o mapa, nem o amuleto.

Beck dobrou o pergaminho rapidamente e o enfiou no bolso de trás, então pendurou o amuleto da rã no pescoço e o escondeu sob a camisa, enquanto Marco e Christina recolocavam o retrato de Gonzalo de volta na parede.

O gêmeo foi na frente, atravessando o pátio e o corredor em direção à entrada principal da casa. Pelo vitral da porta principal viram as luzes azuis piscando de viaturas e o contorno familiar do quepe de um oficial da força policial colombiana. A *señora* Cordova já estava na porta.

Ramirez não estava para gentilezas ao passar por Marco a passos largos pelo saguão. O áspero *clique-claque* das botas de couro nas pedras ecoou pelas paredes. Ele foi saudado por um guincho e o som de asas batendo. Beck olhou para o alto da varanda, onde o papagaio de estimação da família pulava no parapeito, inclinando um olho nervoso para o intruso indesejável.

Ramirez fitou o pássaro ali em cima com uma expressão maliciosa maldisfarçada. A *señora* Ramirez era uma cozinheira de mão cheia e certamente conheceria uma receita saborosa de papagaio recheado assado no forno.

Ele se virou para falar com os três adolescentes.

— *Buenos días, amigos* — disse, antes de despejar um palavreado em espanhol em ritmo acelerado. Já não exibia a máscara melosa de preocupação da noite anterior, quando os escoltaram de volta para o rancho. Hoje estava com um jeito impaciente, beirando a grosseria.

Expressões de descrença e raiva passaram como sombras escuras pelos rostos dos gêmeos. Beck reconheceu apenas uma palavra do discurso do policial. Mas foi o bastante para seu coração gelar. A expressão horrorizada dos gêmeos confirmou seus piores medos. A *señora* Cordova suspirou.

Ficaram em silêncio por um instante, enquanto Ramirez deixava que absorvessem o impacto das suas palavras. Quando prosseguiu, foi em falas ligeiras, como se estivesse dando ordens. Marco concordou, desanimado, e trocou olhares rápidos com a irmã, que ainda encarava Ramirez sem acreditar.

E subitamente, assim como havia chegado, o chefe da polícia foi embora. Lá fora, fez uma saudação subserviente, abriu a porta da viatura na qual estava pintado o escudo da viatura de Cartagena. Ramirez acomodou-se no confortável assento de couro antes de dar ordens ríspidas para o motorista. Na distância, Beck viu os portões elétricos se abrirem e um par de guardas ficar em posição de sentido e fazer continência.

Aquela palavra ainda ecoava em seu cérebro.

— *Narcotraficantes* — repetiu Marco, lendo os pensamentos de Beck. — Traficantes de drogas.

CAPÍTULO 11

— Ramirez acha que o papai e o professor Granger foram sequestrados por um dos cartéis de drogas — explicou Christina, com voz monótona e abalada. Ela soltou um longo suspiro e colocou a cabeça entre as mãos. — Estou tão preocupada com eles!

Marco balançou a cabeça e respirou fundo.

— Ramirez disse que é mais importante do que nunca que a gente não saia do rancho. Falou que é para a nossa própria segurança. Todas as ligações para cá foram desviadas para a central de polícia. Os guardas no portão estão armados. Basicamente, também somos prisioneiros.

O silêncio horrorizado foi quebrado apenas pelos gritos ameaçadores dos pássaros nas palmeiras do outro lado das janelas. Após o que pareceu um século, Beck quebrou o feitiço.

— Temos que fazer alguma coisa. Não podemos simplesmente ficar com as bundas na cadeira deixando isso acontecer com o tio Al e com o prefeito Rafael. E se

Ramirez estiver errado e a quadrilha estiver mais interessada em saquear o ouro da Cidade Perdida? Por que a gente não dá logo o mapa para Ramirez? Assim a polícia pode chegar lá primeiro e preparar uma emboscada para os bandidos.

— É muito arriscado — insistiu Christina, com um movimento dos cachos. — E, de qualquer modo, papai odeia o Ramirez. Diz que ele é um idiota que adora sair atirando. Provavelmente acabaria por matá-los em vez de salvá-los.

— Mas, agora que temos o mapa, a gente podia ao menos tentar — disse Beck. — Devemos isso ao tio Al e ao seu pai. Se a gente não pode confiar na polícia, então nós é que temos que encontrar a Cidade Perdida. Com certeza tem um jeito de sair daqui, não?

— Tem uma cerca de alambrado pelos três lados do terreno, indo até o mar — respondeu Christina. — A gente pode sair voando, é sempre uma opção. Alguma outra boa ideia? — Seus olhos estavam ficando vermelhos e marejados. Marco esticou um braço para confortá-la, mas levou um safanão irritado.

Beck estava envolvido demais pelos próprios pensamentos para prestar atenção.

— Só digo uma coisa: a gente consegue sair daqui sem o Ramirez ver. Ele é um pateta, Christina. Você sabe disso melhor do que ninguém. — Fez uma pausa. — Venham todos comigo — disse um pouco depois. — Tive uma ideia...

Beck foi em direção ao salão de jantar na frente da casa. De manhã cedo, a luz do sol passava pelas janelas francesas que se abriam para um terraço, de onde os degraus desciam até um gramado bem cuidado. Beck foi até onde estava um estojo de vidro.

— Foi a primeira coisa em que reparei quando a gente chegou — disse. — Não conseguia tirar os olhos dela. Acho que é uma das coisas mais lindas que já vi. E também me deu uma ideia.

— É um trabalho de filigrana de ouro — disse Christina, abrindo a tampa do estojo de vidro. Nele havia um delicado objeto dourado sobre um leito de veludo azul. — Papai proíbe a gente até mesmo de tocá-lo, de tão valiosa que é.

Diante deles estava uma miniatura de uma jangada. Homens do tamanho de palitos estavam a postos sobre uma plataforma quadrada de troncos amarrados com cordas. Um deles segurava o leme e outro brandia uma lança, olhando para o lado, na direção do mar de veludo azul. No mastro, uma vela retangular era controlada por dois cabos trançados de ouro.

— É como uma teia de aranha feita com fibras de ouro — disse Christina. — Pertenceu a Gonzalo. Achamos que foi feita pelos índios que moravam na Cidade Perdida. Os kogis, de quem a gente falou para você; aqueles que ainda vivem na floresta, lembra? — Ela fez uma pausa. — Como o índio que você pensa ter visto na praça ontem à noite.

Uma pontada de dor atravessou o rosto de Beck com a volta da lembrança. Os olhos do homem ainda ardiam, brilhantes, em sua memória, mas, agora, ele mesmo começava a achar que tinha imaginado o índio em meio ao calor e ao caos. De qualquer modo, sua mente estava voltada para outras coisas naquele momento. O jardim do rancho era cercado por uma cerca até o *mar*... Com certeza, os homens de Ramirez não iriam procurá-los por lá.

A voz de Marco interrompeu seus pensamentos.

— Quando Gonzalo chegou à América do Sul, a primeira vez em que avistaram os índios foi ainda no mar. Os *cronistas* espanhóis, os historiadores da época, fizeram desenhos das jangadas que eles usavam. Eram praticamente idênticas a essa aqui.

Beck analisou o modelo atentamente, apertando os olhos enquanto examinava as delicadas teias de ouro.

— Hora de dar uma caminhada — disse, de repente.

Os gêmeos seguiram Beck para o terraço. O cheiro dos pêssegos maduros pairava no ar da manhã como um perfume. Do outro lado do gramado, a mata que circundava o rancho por três lados fechava-se novamente — não dava para ver a cerca em volta do terreno dali, coberta pela vegetação. Quando seguiram por um caminho ladeando a selva, os cipós que pendiam dos galhos das árvores enormes roçavam neles como os tentáculos de uma água-viva gigante.

Logo se viram em um bosque de palmeiras altas, onde a vegetação rasteira era substituída por areia; tinham chegado a uma pequena enseada. Espuma branca fervilhava e borbulhava na praia, onde as ondas se chocavam com a terra.

— Só tem uma maneira de sair daqui sem sermos vistos — disse Beck, enquanto olhavam para o horizonte. — E é pelo mar. Se a gente conseguir construir uma jangada como aquela dos índios, podemos navegar pela costa. Foi assim que Gonzalo encontrou a Cidade Perdida. Então podemos encontrar também, não é?

"Dá para ver no mapa que ela fica nas montanhas, não muito longe da costa. Se tivermos sorte, dá para chegar lá antes dos sequestradores. E, então, contaremos com o elemento surpresa. Se navegarmos de noite, depois que escurecer, quando Ramirez perceber que a gente saiu, já estaremos a milhas de distância pelo litoral.

Mal Beck tinha acabado de falar, de algum lugar lá atrás, ouviram um farfalhar de folhas no mato. Pela segunda vez naquela manhã, seu sangue gelou.

Uma voz familiar rompeu o silêncio.

— *Buenos días, amigos* — disse Ramirez.

CAPÍTULO 12

O coração de Beck afundou sob o peso da terrível verdade. Escondido na vegetação, seguindo-os fora de suas vistas, Ramirez, o Réptil, os tinha enganado; eles lhe revelaram o plano de velejar pela costa e ir encontrar a Cidade Perdida. Sua única chance de resgatar o tio Al e o pai dos gêmeos estava perdida.

Beck virou-se com uma postura de desafio, pronto para enfrentar o chefe da polícia com um olhar gelado. Foi saudado por um grito alto vindo de trás da vegetação, seguido de uma explosão de risadas histéricas. Marco e Christina se sacudiam descontroladamente, lágrimas rolando pelo rosto.

— Será que alguém pode explicar...? — começou a dizer Beck.

— *Buenos dias, amigos* — cuspiu Ramirez, pela segunda vez. Suas palavras foram recebidas com uma renovada explosão de gargalhadas de Marco e Christina, que se dobravam de rir.

— Ringo! Para com isso, Ringo! — gritou Christina, enfiando-se atrás do mato.

Beck olhava espantado, mal conseguindo falar.

— Será que alguém... Por favor? — começou a falar de novo até Christina reaparecer, segurando uma profusão de penas coloridas que se debatia e gritava alto, o tempo todo esticando a cabeça para tentar agarrar os brincos dela com o bico.

— *Señor* Beck — disse Marco com voz pomposa, como se estivesse diante da nobreza. — Permita-me apresentá-lo a Don Ringo, o Gringo.

— Também conhecido simplesmente como Ringo, o papagaio malvado — completou Christina. — Papai o batizou de Ringo porque ele adora comer besouros. — Ela balançou a cabeça com um olhar desconsolado — E meu pai acha muito engraçado. Quando era jovem, papai foi marinheiro de um barco que parou em Liverpool e pôde conhecer John, Paul, George...

— E o Ringo — completou Marco, quando o papagaio pulou do braço de Christina para o ombro dele, lançando um olhar inquiridor para Beck. — Ringo era o favorito do papai. Ele disse que nunca parava de soltar piadas... — Fez uma pausa e olhou de lado para o papagaio. — O que, eu acho, explica tudo.

— Bingo! — exclamou Beck, com um enorme sorriso iluminando seu rosto.

— Não, Beck, *Ringo* — disse Christina, tentando disfarçar a impaciência. — A banda, sabe, os...

Mas Beck não estava ouvindo.

— Balsa — disse, apontando animadamente para alguma coisa a distância. — Aquela árvore lá. Aquela bem alta. É pau-de-balsa. É a que os índios usavam para construir jangadas como aquele modelo do Gonzalo. Temos todo o material de que precisamos para construir uma de verdade bem aqui. E, a não ser que a gente escape esta noite — fuzilou Ringo com o olhar —, vai ser o próprio Ramirez que vai pular em cima de nós do meio do mato.

Beck avançou pela vegetação rasteira.

— A gente reconhece o pau-de-balsa pelas flores na ponta dos galhos. Parecem casquinhas de sorvete. — Ele apontou para a casca lisa do tronco, que crescia reto como uma flecha rumo ao céu. — Ela cresce mais rápido do que qualquer outra árvore da floresta, e, como flutua muito bem, é perfeita para a construção de jangadas.

— E aeromodelos — completou Marco, sonhador.

— Como é que você sabe isso tudo, Beck? — perguntou Christina.

— Meus pais viveram em vários lugares do mundo e meu pai era um especialista em sobrevivência — respondeu Beck. — Ele me ensinou tudo o que eu sei. Quando eu era garoto, me ensinou a construir abrigos em locais remotos e a encontrar comida e água. Às vezes, era no deserto ou nas montanhas. Fiz meu primeiro rapel numa montanha aos cinco anos. — Ele suspirou, saudoso, mas em seguida voltou a atenção para a tarefa em vista. — Não temos tempo a perder — disse para os gêmeos. — Precisamos correr se quisermos partir esta noite.

Havia um tom de urgência em sua voz.

— Precisamos de uma lâmina afiada para derrubar a árvore. Não deve ser muito difícil, pois a madeira é bem macia, mas o tronco tem mais de meio metro de espessura. Com os troncos de três ou quatro árvores dessas, facilmente fazemos uma jangada de bom tamanho.

CAPÍTULO 13

Enquanto os meninos procuravam mais árvores pau-de-balsa, Christina correu em direção ao rancho. Reapareceu minutos depois com uma bainha de couro pendurada na cintura. Borlas longas pendiam quase até seus pés.

— O facão do papai — disse ela, puxando a lâmina e virando-a nas mãos, fazendo o fio brilhar à luz do sol. — Ele gosta de usá-lo quando está sozinho em casa. Mamãe diz que fica parecendo um *conquistador*.

A equipe se pôs a trabalhar. Mirando uma série de golpes diagonais de cada lado do tronco do pau-de-balsa, Beck fez com que as lascas de madeira saltassem no ar. Marco pegou um pedaço e examinou-o. Era leve como uma pluma e da cor de mingau de aveia.

— Fiquem atrás de mim — gritou Beck, poucos minutos depois. A árvore começou a se inclinar em câmera lenta para a frente, acelerando aos poucos e esmagando a vegetação ao cair no chão com uma batida surda.

Repetindo o processo com as outras árvores que encontraram por perto, apararam os galhos e cortaram os troncos em três, até terem doze toras lado a lado sobre o chão da floresta, como gigantescos palitos de fósforos.

Enquanto os meninos admiravam sua obra, Christina foi em busca de bambus para cobrir o convés. A adrenalina disparou em suas veias conforme a lâmina de seu facão cortava o ar e cravava-se com uma pancada surda na base de uma moita de bambus altos.

Ela se lembrou das histórias que seu pai costumava contar sobre a tribo de mulheres guerreiras que um dia viveram nas matas amazônicas, a apenas umas poucas centenas de quilômetros dali, além das montanhas. Um brilho de determinação feroz reluziu em seus olhos quando, um a um, os gigantescos troncos caíram pesadamente.

— Tudo do que precisamos agora são pedaços longos de cipós — disse Beck enquanto arrastava a última tora para a praia. — O que não é exatamente um problema por aqui — acrescentou, apontando para os cipós com os melhores tamanhos para o objetivo. Christina e Marco se revezaram para arrancar os rebentos espessos que pendiam dos troncos das árvores da selva.

Com todo o material necessário para a jangada reunido, Beck demonstrou como os cipós deveriam ser entremeados entre os troncos de balsa nas duas extremidades e cruzando o meio da embarcação para depois serem puxados juntos, com força. Uma camada de vigas, perpendiculares aos troncos, foi usada para fortalecer a estrutura e funcionar como convés.

Quando terminaram, Beck entrou no mato e reapareceu pouco depois, arrastando mais madeira atrás de si.

— Mangue — disse. — Muito mais duro do que o pau-de-balsa, mas cresce com a mesma velocidade. Podemos usar para o mastro e atravessá-lo com bambu, para prender a vela. Os índios teriam usado folhas de palmeira entremeadas, mas me lembro de ter dormido em lençóis de algodão na noite passada.

Enquanto Christina corria de volta para o rancho para assaltar o armário de roupa de cama, os meninos prenderam o mastro e o bambu para a vela. Depois, encaixaram a estrutura concluída num furo circular que Beck abriu na plataforma.

— Perfeito — disse, firmando o mastro no lugar. — Com espaço suficiente para se movimentar. Assim poderemos mudar a direção quando o vento aumentar.

Quando Christina voltou com os lençóis, Beck cortou quatro pedaços de cipó com a espessura de seu mindinho e passou-os pelas beiradas do pano, como se estivesse costurando um cesto de vime. Uma vez com a vela no lugar, ele amarrou mais pedaços da madeira do mangue na forma de um grande A. Quando terminou, encaixou-o na plataforma, no lado oposto à vela. — Um suporte para o leme — disse, esfregando as mãos com a satisfação de um trabalho bem-feito. — Só precisamos agora de uma vara bem comprida para o leme.

Naquela hora, o sol já estava descendo, e as sombras das árvores iam se alongando a cada minuto.

— Só mais uma coisa importante — disse Beck enquanto olhavam para a jangada sob a luz do entardecer. Ele golpeou com força a casca verde e esponjosa de um grande objeto no chão, parecido com uma bola gigante de futebol, caído sob uma palmeira próxima. Quando se abriu, um líquido leitoso escapou de seu interior.

Com o coco na mão, começou a sacudi-lo sobre o convés, respingando a água para todo lado antes de entregá-lo primeiro para Christina e depois para Marco para que fizessem o mesmo.

— Eu batizo esta embarcação de *Bella Señora* — disse Beck solenemente, enquanto passava o coco adiante, bebendo para brindar. — Vida longa a todos os que nela navegarem.

— À *Bella Señora* — ecoaram os gêmeos.

CAPÍTULO 14

Quando encerraram a cerimônia de batismo, Marco liderou o caminho de volta para o rancho, e Beck sumiu pelas escadas enquanto os gêmeos foram encher uma cesta grande, saqueando os mantimentos da cozinha. Marco convenceu a Señora Cordova a ir para casa mais cedo, dizendo que eles estavam cansados demais para jantar e que iriam cedo para a cama. Ela foi embora, mas deixou algumas coisas para eles fazerem sanduíches.

Enquanto terminavam de pegar os últimos suprimentos de que se lembraram, Beck reapareceu. Segurava um objeto preto brilhante, com uma grande tela colorida.

— *Global Positioning System* — explicou. — Também conhecido como GPS. Acompanha-me em todos os lugares que vou com o tio Al. Ele está sempre se perdendo; então é sempre bom ter um à mão. Comunica-se com os satélites no espaço para indicar nossa posição. Com isso, sabemos exatamente onde estamos, com uma margem de dois metros, em qualquer lugar da Terra.

Os gêmeos observaram Beck digitar as instruções nas teclas, e o contorno familiar da América do Sul apareceu na tela. Quando ele apertou o botão de *zoom* várias vezes, Christina se sentiu aterrissando numa nave espacial: o contorno da Colômbia foi chegando cada vez mais perto até finalmente estar pairando sobre as ruas de Cartagena.

— Esse brinquedinho nos conta tudo. A maré cheia esta noite é logo depois da meia-noite. Quando estivermos no mar, a correnteza deve se voltar para o leste. Exatamente para onde precisamos ir. Já calculei que devemos levar menos de dois dias para chegar à praia onde Gonzalo desembarcou. Vamos achar mais comida e água na floresta. Mas vamos comer alguma coisa agora e dormir um pouco.

O rancho estava silencioso como uma tumba quando Beck acordou os gêmeos pouco antes da meia-noite. Pela janela do quarto, ele viu dois carros da polícia bloqueando a estrada diante dos portões automáticos, a ponta de um cigarro aceso e as silhuetas de dois policiais conversando casualmente. A lua cheia no meio do céu parecia um rodela de queijo.

As três figuras fantasmagóricas atravessaram o gramado e seguiram pela trilha da floresta até a praia, os gêmeos dividindo o peso da cesta entre si.

Beck pegou o facão no lugar onde o tinha escondido e o prendeu ao cinto na cintura. O GPS estava protegido no bolso, e o mapa, enrolado no corpo, debaixo da camisa.

— Estamos com sorte — sussurrou para os gêmeos, que arrastavam a jangada para fora do esconderijo sob várias folhas de bananeira perto da água. — O vento está forte e soprando para o mar, então vai ser mais fácil sair da baía. Mas nada de conversa agora, até estarmos lá.

Trabalhando em silêncio e seguindo as instruções que Beck lhes tinha dado mais cedo, a tripulação do *Bella Señora* arrastou a jangada por uma faixa estreita de areia até onde as ondas se quebravam. Quando chegaram à água, Christina sentiu os cabelos da nuca se arrepiarem: uma forma escura precipitava-se para fora da floresta em sua direção. Ela balançou ao girar sobre si, e Ringo veio pousar no alto do mastro.

— Parece que já temos um clandestino — murmurou Beck. — Quem foi que disse que ele podia vir?

— É o nosso mascote — argumentou Marco.

— Acho que é sempre bom ter uma reserva de carne fresca na despensa — respondeu Beck, olhando para Ringo, que virou a cabeça de lado e fitou o garoto com desconfiança.

Quando Christina subiu na jangada, os dois meninos ajeitaram a cesta ao lado do mastro, e Beck foi para a água arrastar a jangada para além da arrebentação. Segurando do outro lado, Marco empurrava por trás. Conforme Beck tinha alertado, levar a jangada para longe da praia à noite não seria tarefa fácil.

Ao passarem pelas ondas, lembrou dos termos da famosa escala de Beaufort. Ele tinha aprendido quando era criança, num feriado em que fora velejar na Cornualha com seu pai. Inventada pelo almirante Beaufort mais ou menos na época da Batalha de Trafalgar, em 1805, ajudava os marinheiros a avaliar a força do vento pelos sinais reveladores do mar. Liso e calmo — como um espelho — significava zero força, enquanto que um furacão — o ar cheio de espuma e jatos d'água — equivalia à força doze.

Beck olhou para o mar, onde o vento já soprava a espuma no alto das ondas.

— *Cavalos brancos na crista. Sinal de água esguichando* — entoou. Força cinco, no mínimo, avaliou.

O segredo era arrastar a jangada para além da arrebentação — o mais longe que pudessem, até não terem mais pé. Quando Beck chegou a um ponto em que conseguia manter a jangada estável, a água já estava passando de seus ombros, e ele já sentia o gosto do sal na garganta.

O empuxo no fundo arrastou suas pernas, e ele percebeu que não poderia continuar andando com os pés no fundo por uma distância muito maior.

— Agora! — gritou, e ele e Marco subiram a bordo da jangada, fazendo força com todos os músculos do corpo.

Conforme as instruções de Beck, Christina segurou a barra do leme com toda a força para manter a jangada voltada para o mar. Se uma onda os pegasse de lado agora, todos os esforços teriam sido em vão e eles poderiam ser arrastados de volta para a praia.

Então, de repente, quando o vento alcançou a vela, o balanço da jangada minguou, e eles começaram a avançar suavemente. Minutos depois, a praia tinha desaparecido na escuridão absoluta, e um rastro prateado do reflexo da lua se espalhou pelo mar do Caribe.

— Agora não tem mais volta — gritou Beck triunfante. — Cidade Perdida, lá vamos nós!

Como se em zombaria ao seu brado, um tremor sacudiu a tripulação. A jangada parou, imóvel, com as ondas subindo e descendo debaixo deles. Por um instante, pareceu pairar no ar. Mas uma massa de água os levantou e jogou a jangada para o lado, derrubando a tripulação no convés.

— Batemos num recife — gritou Marco. — Segurem firme!

Ringo gritou e voou dando voltas pelo alto. Christina sentiu água em seus pés enquanto se agarrava desesperadamente ao leme para não ser lançada para fora da embarcação. Beck e Marco se seguravam no mastro, lutando por suas vidas. Naquele momento, a poucos centímetros da mão esticada de Beck, o cesto começou a escorregar lentamente pelo convés.

Movendo-se para um lado e depois para o outro, conforme a jangada era jogada pelas ondas contra o recife, pareceu por um momento ter o cesto ficado preso entre duas varas de bambu. Mas, quando Marco fez uma última tentativa desesperada para pegá-lo, uma onda o carregou em meio à espuma para além do alcance desesperado de seus dedos.

E, de repente, tudo acabou. O convés estava nivelado novamente e o sacolejo parou. Beck se apalpou em busca do facão, que ainda estava firme, preso em sua cintura. As ondas se acalmaram sob eles, e a jangada seguiu navegando suavemente rumo ao mar aberto. Atrás de si, viam a espuma branca das ondas se quebrando no alto dos recifes, dos quais tinham escapado por tão pouco.

O *Bella Señora* voltara a navegar em segurança.

Mas o cesto — com tudo o que havia dentro — estava perdido.

CAPÍTULO 15

A tripulação do *Bella Señora* estava prostrada no convés. Como um cavalo livre do estábulo, após corcovear e arremeter com fúria, a jangada por fim navegava em águas calmas. Beck achou e remontou a vela, esticada como um balão, similar à barriga de um dos amigos beberrões do tio Al, e, logo, o vento forte os levou para além dos limites da baía.

Beck ficou ao leme enquanto os gêmeos sentaram-se um de cada lado, segurando os cipós que controlavam a vela. Ninguém falava. Até mesmo Ringo parara com seus gritos e estava empoleirado, imóvel como uma estátua, no alto do mastro. Apenas o *splash-splash, suish-suish* das ondas quebrava o silêncio. A perda do cesto com todas as suas provisões para dois dias no mar, fora um golpe terrível.

Não era a falta de comida que preocupava Beck. Ele sabia que os seres humanos são capazes de sobreviver por até três semanas sem alimento. E haveria bastante comida na floresta, tão logo estivessem em terra. Mas a perda do recipiente de água era algo sério. Seus corpos perderiam líquidos rapidamente sob o sol quente, e beber água do mar poderia ser fatal. Os rins seriam envenenados pelo sal e, logo, cada pequeno gole seria como se uma lixa estivesse raspando suas gargantas.

Mas este não era o momento de assustar os gêmeos. Além disso, ele tinha mais uma confissão a fazer.

— Foi minha culpa — disse afinal. — Eu deveria ter verificado se o cesto estava bem amarrado ao mastro.

Depois, fechou os olhos com uma expressão aflita.

— E tem mais uma coisa que precisam saber.

Os gêmeos o fitaram, a dúvida em seus olhos.

— O GPS caiu do meu bolso. Estava amarrado no cinto; porém, o coral deve ter cortado a corda quando batemos no recife.

Um silêncio pesado se fez entre a tripulação. Beck então soltou uma gargalhada, uma risada animada que assustou Ringo para fora de seu poleiro. O papagaio voou em círculos em torno da jangada e acabou pousando na beira do convés, o mais longe possível de Beck sem cair no mar.

— Vamos lá, pessoal, vejam pelo lado bom. As coisas agora só podem melhorar — apelou o rapaz. — O tio Al diz que a primeira regra da sobrevivência é continuar a sorrir. Se ainda estamos vivos, sempre há esperança. Uma vez, eu e papai sobrevivemos por cinco dias numa jangada muito menor do que essa. Papai estava numa missão no *Guerreiro Verde* e fomos atacados por piratas no Mar do Sul da China. Tivemos que sobreviver com água da chuva e peixe até conseguirmos chegar à terra.

— Sim, mas como navegar sem um GPS? — perguntou Christina, incapaz de disfarçar uma ponta de medo na voz. Sua pergunta cruzou o ar noturno como uma acusação velada.

— Com as estrelas e com a lua — respondeu Beck. — Os primeiros marinheiros cruzaram grandes oceanos em jangadas como esta. E tenho certeza absoluta de que não tinham GPS.

Ele apontou para a escuridão negra do céu, onde as estrelas piscavam como diamantes.

— Cada uma dessas luzinhas é um sol exatamente como o nosso — prosseguiu. — Mas nossos ancestrais não sabiam disso. O que viam eram seus deuses caminhando pelo céu. Homens, cavalos, peixes — todas as criaturas da selva. Melhor que televisão, em qualquer dia.

— Mas como isso vai nos ajudar a achar o caminho para a Cidade Perdida? — perguntou Marco, sem se convencer.

— De acordo com o mapa de Gonzalo, precisamos continuar navegando para o leste a partir daqui. Então, enquanto soubermos para onde fica o norte, é fácil — explicou Beck.

— Mas para que lado *fica* o norte? — perguntou Christina, um toque de exasperação na voz. — Eu nem sei direito onde é em cima ou em baixo. Não tem mais nada além do mar, mar e mais mar para todo lado. Estamos numa prisão flutuante, nada mais do que água ao nosso redor.

— Tem uma estrela que nunca se move — disse Beck. — É como se houvesse um mastro enorme no céu e o resto das estrelas dançasse ao seu redor. E essa estrela solitária está sempre apontando para o norte. E adivinhem!

— O quê? — perguntou Marco, já com a voz zangada.

— Ela se chama Estrela do Norte, bobão — disse Beck.

— Sim, mas como você sabe que estrela é essa? — disparou Marco de volta. Eles olharam para cima, para os pontinhos luminosos que piscavam na escuridão aveludada. — São milhões de estrelas. É como procurar uma agulha num palheiro.

— Mais como um grão de sal num açucareiro — disse Christina. Ela respirou profundamente, enchendo o peito com o ar frio da noite, e suspirou. — Às vezes, lá em casa, eu fico deitada na grama, olhando para o céu. Me sinto tão minúscula. Eu queria que a gente estivesse... — Sua voz falhou.

— Você tem que pensar no céu noturno como um amigo, não como um bicho-papão que quer te pegar — disse Beck. — Mas é preciso conhecê-lo primeiro. — Ele apontou para a escuridão e traçou um desenho no céu com o dedo. — O arado, ou Ursa Maior, chame como quiser. É uma das constelações mais fáceis de achar. Parece um arado dos tempos antigos.

— Para mim, parece mais com uma panela — disse Christina. Ela fez uma pausa e mirou as estrelas com a cabeça inclinada. — Mas estou entendendo o que você quer dizer. E acho que "Arado" soa um pouco mais poético do que "Panela".

Agora Beck traçava um W no céu, um pouco mais para a esquerda da Ursa Maior.

— Cassiopeia — mostrou, antes que os gêmeos perguntassem. — Desenhem uma linha imaginária passando pelo ponto central do W e outra entre as duas estrelas do contorno externo da panela. E lá está. Onde as duas linhas se encontram, ali está a estrela Polar. Se navegássemos em sua direção, acabaríamos chegando ao Polo Norte.

— Mas estamos querendo achar a Cidade Perdida, não o Polo Norte — disse Marco.

— Sem problema — respondeu Beck. — Sabemos que as montanhas da Sierra Nevada ficam exatamente a leste de Cartagena; então, só precisamos navegar... para lá. — Ele apontou formando um ângulo reto para a estrela. — Que é exatamente a direção para onde a corrente está nos levando.

Pela segunda vez naquela noite, Christina teve motivos para se sentir grata pela segurança tranquila de Beck; a sensação de pânico na barriga finalmente começou a diminuir. Parecia incrível que esse garoto inglês, só um pouco mais velho do que os gêmeos, tivesse aprendido tanto sobre a natureza, a sobreviver contra todas as possibilidades. Mas suas pálpebras estavam começando a pesar, agora que a noite já estava avançada.

CAPÍTULO 16

Beck deixou que os gêmeos dormissem enquanto o *Bella Señora* navegava pela noite. Horas mais tarde, Christina acordou com um susto. Alguma coisa pegajosa havia roçado seu rosto e ela soltou um grito abafado. O que quer que fosse, tinha se emaranhado em seu cabelo. Sacudindo os braços e a cabeça freneticamente de um lado para outro, tentou desesperadamente para se livrar da criatura. Mas, no momento em que achou que tinha conseguido, alguma outra coisa se moveu junto às suas pernas. E então nos braços. E novamente pelo rosto. Uma torrente de lodo estava caindo do céu.

E então, tão subitamente como havia começado, tudo parou. Christina olhou através dos dedos, apertados contra o rosto, com nervosismo. Já estava claro e o sol, como uma gigantesca tangerina, subia lentamente acima do horizonte. Eles ouviram um som fraco de palmas pelo convés.

Dessa vez era Beck dobrando-se de rir incontrolavelmente diante do desconforto dos gêmeos.

— Lamento por acordar vocês — disse. — Achei que gostariam de tomar o café no quarto, mas ele chegou um pouco mais cedo do que eu esperava.

Cinco peixes voadores estavam espalhados pelo convés, as bocas se abrindo e fechando enquanto se debatiam inutilmente com as asas em seus últimos espasmos silenciosos antes da morte. Marco agarrou um no momento em que a criatura fez uma derradeira tentativa de abrir as asas e voar, para, em seguida, cair de volta, já sem vida.

— Acertem a cabeça deles com o cabo do facão — gritou Beck, estendendo-o para os meninos. — Vai acabar com o sofrimento deles.

Marco circulou pelo convés para dar cabo da missão de misericórdia, enquanto Christina observava, com um horror calado. Por fim, todos os cinco peixes estavam imóveis.

Calmamente, Beck pegou o mais próximo e arrancou as asas.

— Os peixes voadores, na verdade, têm quatro asas — explicou, como se fosse um professor numa aula de biologia. Soltou o peixe diante dos gêmeos. — Quando são perseguidos, começam a nadar rapidamente. Então, quando chegam à superfície, abrem as asas e voam, apenas planando sobre as ondas. Um belo jeito de escapar, não? A não ser, é claro, que acabem aterrissando numa jangada que esteja passando pelo caminho. Estão com fome?

Christina olhava para Beck sem acreditar.

— Você não está realmente sugerindo que a gente coma essas coisas, não é? Cruas?

— Não as tripas, é claro — respondeu Beck. — Ainda que a gente possa usá-las como isca ou filtro solar. — Ele fitou a direção do horizonte, protegendo os olhos contra a orbe gigante do sol. — E vamos precisar de um pouco hoje, pelo jeito. — Colocando as carcaças dos peixes alinhadas, removeu suas asas cuidadosamente. — Não sei muito bem o que podemos fazer com isso, na verdade.

— Talvez costurar umas nas outras e fazer nossas próprias asas — disse Christina. — Para aí podermos ir voando para a Cidade Perdida. Seria um pouco mais rápido do que isso.

Ignorando-a, Beck pegou o facão e, com movimentos rápidos da lâmina, habilmente removeu a cabeça de cada um dos peixes. Depois, após um corte ao longo das barrigas macias, foi enfiando o dedo nas cavidades, fazendo as vísceras pularem para fora, caindo no convés com o ruído líquido de coisas moles sendo esmagadas.

— Isso sim é o que eu chamo de isca — disse Beck, com um sorriso satisfeito, enquanto remexia na massa viscosa. — E o óleo dos fígados é perfeito como filtro solar. A gente põe eles para secar no sol e fica melhor do que qualquer coisa que se compre numa loja. É cheio de vitamina D. É o que protege a pele do sol. E se espalha perfeitamente. Tem um cheirinho ruim, mas é perfeito na falta de outra coisa. Fator vinte, no mínimo. Recomendo.

— Eca — resmungou Christina. — Isso é muito nojento. — Ela torceu o nariz, com asco, para a fileira de pequenas bolsas cor de laranja que Beck estava colocando num lado do convés.

— É incrível como eles ficam com um cheiro bem mais fraco quando a gente está realmente com fome e sede — disse Beck, com voz casual. — De qualquer modo, sugiro que a gente engula isso agora mesmo, antes de o sol esquentar demais e os peixes ficarem nojentos. Mas, antes de comer, precisamos beber todo o líquido que conseguirmos. Do contrário, não vamos conseguir digerir o peixe direito.

Beck deitou no convés e, pegando um dos peixes voadores, espremeu-o com as duas mãos. Um líquido escuro, cor de suco de ameixa escorreu da carne marrom-rosada e pingou nos lábios dele.

— Tem um gosto meio azedo — disse com indiferença, quando terminou. — Mas com certeza dá uma refrescada na boca.

O nojo e a sede se confrontavam na expressão dos gêmeos. Era uma boa lição, pensou Beck. Seus novos amigos precisariam aprender rápido.

— Certo, quem é o próximo? Chris, estique as mãos. — Como se enfeitiçada, Christina esticou as mãos em concha. Sentia-se enjoada e respirava pesadamente.

Beck juntou a cabeça dos peixes numa pilha antes de pegar o facão com uma das mãos e uma das cabeças com a outra. Num movimento hábil com a ponta da lâmina, arrancou um olho da órbita e o deixou escorrer nas mãos de Christina. A menina fez uma careta, mas manteve as mãos firmes enquanto Beck removia ambos os olhos das cinco cabeças de peixe.

A garota olhou para baixo. Dez olhos vidrados a encaravam. Ela sentia o conteúdo de seu estômago subindo em direção à garganta e engoliu a tempo apenas de impedir o desfecho. Marco respirou fundo e virou a cabeça para o outro lado.

— Ninguém se anima? — perguntou Beck. — Bem, pessoal, se vocês não forem comer a parte de vocês, eu vou, com certeza. Se deixarmos eles aí por mais tempo, vão começar a azedar.

Christina observou, congelada no lugar, enquanto Beck pegava um dos olhos de suas mãos em concha. Jogando a cabeça para trás e, com o olho firme entre o polegar e o indicador, espremeu. Um líquido fino pingou sobre a língua dele. Em seguida, deixou o olho cair na boca e começou a mastigar. Um de cada vez, pegou mais dois olhos e repetiu o processo.

— Isso é totalmente nojento — disse Marco, tentando não vomitar. — Você pode ficar com a minha parte numa boa se ainda estiver com sede.

— Eu não abriria mão de nada, Marco. Não dá para ter frescura se quiser sobreviver — respondeu Beck. — Nossa, me sinto bem melhor — disse, limpando a boca com a manga. Ele esticou a mão para pegar mais um olho de peixe das mãos em concha de Christina, mas, dessa vez, ela afastou as mãos dele.

— Estes são meus, eu acho — disse a garota. Sua voz pareceu firme e determinada. Passando os olhos para a mão esquerda, usou a direita para pegar uma das bolinhas gelatinosas, deitou a cabeça para trás e espremeu. Com os olhos bem fechados, fez uma careta quando uma gota escorreu lentamente pelo fundo de sua garganta.

Depois, a boca escancarada, soltou o glóbulo brilhante na língua, baixou a cabeça e, sem abrir os olhos, começou a mastigar. E engoliu.

Beck olhava as caretas da menina enquanto aquela coisa gosmenta descia pela garganta dela.

— *Buen apetito!* — disse ele.

CAPÍTULO 17

Beck olhava distraidamente para a superfície lisa e brilhante. Estavam no fim da tarde do primeiro dia no mar, e o vento tinha parado. A vela da *Bella Señora* pendia imóvel do mastro, voltando a ser um lençol pendurado e agourento.

Após o café da manhã cinco estrelas, de peixe cru engolido com a gosma dos olhos e sangue, Beck realizou uma pequena mágica. Umas poucas colheres de chá de orvalho haviam sido coletadas durante a noite nas dobras da base da vela, e a tripulação, agradecida, pode umedecer os lábios e limpar o gosto de peixe.

Os fígados dos peixes secaram rapidamente no sol, e gotas de óleo grosso se formaram sobre a superfície exposta. Por algum tempo, a brisa refrescou as peles dos adolescentes, mas o brilho intenso do sol começava a cobrar seu preço. Os gêmeos cochilavam à sombra do mastro. Marco protegia uma lata que tinha avistado boiando na água e conseguira pescar das ondas ao passar. Dentro dela, estavam as vísceras dos peixes voadores numa massa putrefata.

Beck sorriu. O gêmeo aprendia rápido. O nojo de algumas horas antes havia desaparecido. Qualquer coisa que pudesse ajudá-los a sobreviver era precioso, incluindo as tripas dos peixes. Mas a garganta de Beck estava seca, e a fome começava a importunar seu estômago. A água parecia pura, fresca e tentadora. Ele mergulhou a mão brevemente na superfície tranquila, tentado a sentir seu frescor nos lábios.

Mas, em algum lugar lá no fundo, os alarmes soavam. Aquele era o caminho para a insanidade. Por toda a história, náufragos que não resistiram à tentação de beber a água do mar haviam enlouquecido em pouco tempo.

Um pensamento horroroso surgiu na mente de Beck. Lembrou-se do dia em que tio Al o levara ao Louvre, o famoso museu de Paris. A *Mona Lisa*, com a multidão de turistas se acotovelando para vê-la, não o interessara. Preferira sentar-se por quase uma hora diante de uma tela enorme que quase cobria uma parede inteira de uma outra sala da galeria.

Era uma pintura chamada *A Balsa da Medusa*, do artista Géricault. Tio Al contou-lhe a história real. Um navio francês naufragou numa tempestade e parte da tripulação escapou numa balsa. Após várias semanas no mar, os sobreviventes estavam tão desesperados e famintos que começaram a comer uns aos outros.

Ele olhou para onde Christina estava aninhada, uma perna estendida convidativamente em sua direção. Beck ergueu os olhos para o céu e deu uma risada.

— Não devo comer a perna de Christina — cantarolou. E repetiu três vezes, como se estivesse de volta à escola, escrevendo frases para a senhora Armington durante um castigo.

— Mas papagaio não tem problema — completou, ficando de pé num pulo e fingindo que ia atacar Ringo, que saltitou alarmado pelo convés, abanando as asas aos gritos.

A comoção arrancou os gêmeos de seu estupor. Marco gemeu e se arrastou até a beira da jangada, dizendo que estava quase vomitando. Segurando o braço dele de forma que a palma da mão ficasse para cima, Beck apertou o polegar com força nas veias no centro do pulso de Marco. Os ombros do rapaz se soltaram e ele sentiu os músculos da barriga relaxando. O enjoo foi melhorando aos poucos.

— Como você fez isso, Beck? — perguntou Marco, impressionado.

— É uma antiga técnica de acupuntura que minha mãe me ensinou. Melhor é não vomitar, se você conseguir. Vai te deixar desidratado, e você sabe o que isso significa.

— Mais olhos — disse Christina. — Humm! — Ela bocejou e sacudiu a cabeça, os brincos refletindo a luz do sol. Olhou para cima e encontrou os olhos de Beck, fixos nela.

— Acho que já sei — disse ele.

— Sim, senhor, capitão — disse Marco, que já se sentia melhor e olhava curioso para Beck. — Mas a gente não!

— Os brincos, Christina. Me dê seus brincos.

Christina desviou a cabeça para o lado quando Beck tentou pegar os brincos.

— O que você está fazendo? — gritou Marco. — Andou bebendo água do mar, não é? — Os dois disputaram o espaço rapidamente quando Marco deu um pulo para proteger a irmã; a força do menino franzino pegou Beck de surpresa.

— Anzóis, *loco* — reclamou Beck. — Sua irmã está usando um par de anzóis nas orelhas. Precisamos de comida, mas ela não precisa ficar bonita. E, se você fizer isso de novo, vai virar o barco.

Marco soltou Beck, que pensou se o menino se dava conta de como teria sido fácil para ele jogá-lo para um lado. Mas Marco começava a dar mostras de estresse, e não era o momento de Beck demonstrar suas habilidades de campeão júnior de judô.

Enquanto Christina soltava os brincos das orelhas, Beck viu lágrimas se formando em seus olhos.

— Me desculpe — disse ele em voz baixa. — Mas precisamos de comida. A não ser que a gente coma peixes, serão os peixes que vão comer a gente.

Inclinando a cabeça primeiro para um lado, depois para o outro, ela tirou os brincos com movimentos hábeis do pulso.

— Estou começando a te odiar, *inglês* — disse ela. — Minha mãe me deu esses brincos quando voltou de uma viagem ao Brasil. — Ela os colocou na mão esticada de Beck. — E espero que voltem com um peixe para o almoço.

Beck se sentou de costas para mastro enquanto Marco assumia o leme. O vento começava a aumentar de novo e o sol descia pelo céu com o avanço da tarde. Trabalhando no metal maleável com a lâmina do facão, rapidamente produziu um par de anzóis. Levantou-os para que os gêmeos examinassem.

— Muito esperto, senhor capitão — disse Marco. — Mas não temos nenhum equipamento de pesca.

— É aí que você se engana — respondeu Beck, soltando o cadarço dos tênis.

Mas Christina não estava ouvindo. Estava pulando para cima e para baixo, apontando para a água na frente da jangada.

— Olha, olha! Olha lá!

Beck olhou para as profundezas. Formas escuras ziguezagueavam rapidamente em volta da jangada. Como sombras fugazes, moviam-se tão rápido que não era possível fixá-las. Christina soltou um grito alegre quando uma delas irrompeu pela superfície, cruzando o ar diante deles. Foi seguida por outra e mais outra, até estarem cercados de criaturas saltando feito acrobatas num circo.

— Golfinhos — riu Marco, os arcos de água escorrendo das barrigas lisas e brilhando no sol do entardecer. Os gêmeos já tinham visto golfinhos nos aquários, saltando através de aros com um treinador jogando peixes em suas bocas. Mas era a primeira vez que os encontravam no mar.

Seus espíritos se animaram com a animação dos animais, que giravam numa dança complicada. Christina perdeu o fôlego novamente quando uma mãe com dois filhotes fez piruetas pelo ar, dando cambalhotas antes de mergulhar de volta na água.

— *Bailamos, bailamos.* Vamos dançar, dançar! — gritou ela, saltitando pelo convés.

— Isso é muito melhor do que qualquer nado sincronizado. — Marco tinha os olhos brilhantes. — Como são graciosos!

— Olha, olha. Ela está rindo para nós — disse Christina, deliciada, quando a mamãe golfinho deu outro salto. E então, subitamente, como o sol sumindo atrás das nuvens, desapareceram. A garota se agachou no convés, sem saber se ria ou se chorava.

— Por que foram embora tão rápido? — reclamou. Marco abraçou-a pelos ombros e os dois se amontoaram junto ao mastro novamente, desanimados.

Mas Beck não estava escutando. Olhava para o mar, os olhos lentamente percorrendo a água ao seu redor. Percebendo que tinha alguma coisa muito errada, os gêmeos sentaram-se e acompanharam o olhar de Beck.

Marco então viu. Sentiu-se como se uma faca tivesse sido cravada no fundo de sua barriga. Um sinistro triângulo preto, como a vela em miniatura de um barco pirata, cortava o mar em torno do barco.

Ninguém falou. Não era preciso.

Um tubarão rondava o *Bella Señora*.

CAPÍTULO 18

Os gêmeos observavam, paralisados. A barbatana negra cortava a superfície da água como a lâmina de uma faca rasgando filme plástico. Com movimentos tranquilos da enorme cauda, a criatura deslizava ameaçadoramente logo abaixo da superfície, sua suavidade maligna o contrário dos arcos divertidos dos golfinhos de poucos minutos antes.

Mas Beck olhava em outra direção. Não era de admirar que o tubarão tivesse aparecido. Uma faixa de gosma vermelha ia se espalhando ao lado da jangada. Durante o encontro com os golfinhos, a lata com as vísceras dos peixes fora derrubada. Imagine um pano vermelho e um touro, pensou Beck, ou melhor, uma lata de atum para um gato faminto.

Sua mente disparou. Sabia muito bem o que um tubarão poderia fazer com uma jangada como a *Bella Señora*. Lembranças do pai surgiram e atravessaram seu cérebro. Haviam ido pescar na Grande Barreira de Corais da Austrália, num momento de folga de uma missão da

Força Verde. Olhando para Beck com confiança, seu pai despejou o sangue de um balde de vísceras de peixe no mar. Em questão de minutos, três tubarões-tigre começaram a nadar em torno da embarcação.

Beck aprendeu alguns fatos marcantes sobre o comportamento dos tubarões naquele dia. Lição número um: tubarões-tigre sentem o cheiro de uma gota de sangue numa área equivalente a uma piscina olímpica. Lição número dois: são capazes de nadar a uma velocidade de setenta quilômetros por hora. Beck pensou a respeito. Isso era mais rápido do que ele pedalando ladeira abaixo numa bicicleta de corrida.

Endireitou a lata e a apoiou junto ao mastro antes de juntar o máximo da massa sangrenta possível sem que escorresse entre seus dedos.

— Acho que é melhor o resto da família não vir para a festa também — disse, limpando as mãos na camisa. — Essas tripas de peixe são uma ótima isca, mas um tubarão-tigre não era exatamente o que eu tinha em mente. Nós temos que ficar quietos. Quanto mais movimento, mais agitado ele vai ficar. Se tivermos sorte, talvez se desinteresse e nos deixe em paz.

Mas o tubarão não dava sinais de desinteresse. O rastro revelador de sangue obviamente viera dessa frágil pilha de gravetos em cima dele, e sua barriga vazia precisava ser preenchida. Christina agarrou-se a Marco, aterrorizada. A barbatana vinha reta em direção à jangada. O focinho pontudo da criatura bateu de leve num lado do barco e, por um instante, ela olhou direto para os olhos vítreos.

Beck sentiu-se aliviado quando, no último momento, o tubarão mergulhou sob a jangada e reapareceu lá do outro lado. Como um guarda vigiando o perímetro de um campo de prisioneiros, o animal continuou a patrulhar, vez por outra disparando de súbito na direção deles. A essa altura, os gêmeos tinham a expressão transfigurada pelo terror. Agarrados ao mastro como tornos, murmuravam alguma coisa que Beck não conseguia ouvir. Christina baixou a cabeça e fez o sinal da cruz.

O impacto, quando aconteceu, pegou toda a tripulação do *Bella Señora* totalmente de surpresa. O convés inclinou-se, jogando-os para o alto quando o focinho do tubarão atingiu os troncos submersos da balsa. Tomados de pânico cego, rolaram cada um para um lado conforme o mastro vibrava e balançava. Ringo havia sumido de vista.

Segurando-se no mastro para se equilibrar, Beck se pôs de pé.

— Foi só um ataque de mentira. Se nos atacar de novo, vai afundar a jangada. Chris, Marco, a gente só tem uma chance. — Ele mesmo se esforçava para manter a calma.

O tubarão estava dando a volta novamente, mas desta vez em círculos menores, a não mais do que sete ou oito metros de distância.

— Soltem um dos cipós da vela. — Os olhos de Beck estavam fixos como faróis na barbatana, acompanhando cada movimento. — Não importa qual, é só soltar um. Agora. — A voz tensa pela urgência.

Rígidos pelo medo, Marco e Christina trabalharam juntos como zumbis, os olhos fixos para frente, incapazes de registrar o que estava acontecendo. Com dedos trêmulos, eles arrancaram o cipó que tinham amarrado com tanto cuidado ao longo do lençol, dando voltas na estrutura de bambu do mastro, quando construíram a jangada.

Marco xingou.

— Por que a gente amarrou com tanta força? Não dá para soltar.

Beck segurava o leme de pé na beira da embarcação, observando os círculos cada vez menores da barbatana do tubarão através das ondas.

— Rápido, pessoal. Rápido, rápido. — Sua voz estava mais baixa e calma agora. Sabia que os gêmeos estavam fazendo tudo o que podiam para soltar o cabo tão rápido quanto seria possível para um ser humano.

— Pronto! — gritou Marco por fim, o suor escorrendo pelo rosto.

Beck tinha tirado o facão da bainha e estava com ele na mão, encorajando-se em voz baixa como se estivesse preparando-se para uma corrida. Um olhar de calma e determinação tomou conta de seu rosto. Tinha certeza de que só teria uma chance e não estava disposto a deixá-la passar.

Quando Marco lhe passou o cipó, Beck passou uma ponta pelo anel de metal pendurado no cabo do facão. Enquanto os dedos dançavam uns ao redor dos outros, ele murmurava o famoso mantra dos escoteiros.

— Sai da toca, dá a volta na árvore e volta para a toca. — Ele era capaz de fazer o famoso nó de marinheiro chamado lais de guia dormindo, mas nunca precisara tanto dele quanto naquele momento.

Apertando bem o nó, Beck olhou novamente para o tubarão.

— Agora a outra ponta no mastro — murmurou entre dentes. — A volta do fiel é o melhor nó para isso. Mas qualquer coisa serve, qualquer coisa que segure. Se perdermos o facão, já era.

Então o tubarão atacou, vindo como um torpedo direto para a jangada. Christina gritou quando Beck se jogou sobre o convés. Dava para ver claramente as fileiras irregulares de dentes afiados como navalhas sobre a superfície. Para os gêmeos, do outro lado da jangada, parecia que Beck estava prestes a ser engolido inteiro pela boca do tubarão, o corpo emoldurado pelos dentes da besta como um troféu na parede de um caçador.

Por um instante, o rapaz ficou imóvel no lugar. O braço direito segurava o facão no alto e cada músculo de seu corpo contraía-se sob a pele. Até que, com um movimento súbito, ele arremessou a lâmina, e o facão foi girando no ar como um bumerangue, assobiando em direção à presa.

Para Marco, a cena desdobrou-se em câmera lenta, como a repetição de um chute a gol nos últimos segundos de uma final de Copa do Mundo. O aço brilhante da lâmina girou pelo ar fazendo *vup, vup, vup* até atravessar a cabeça e o olho da criatura. Uma linha vermelha lívida abriu-se ao longo da cabeça e um jato de sangue espirrou para o alto.

O focinho do tubarão mergulhou de volta na água, por muito pouco não acertando a lateral da jangada. O impacto criou uma onda que irrompeu sobre a jangada, catapultando o lado oposto da embarcação para cima. Pela terceira vez em alguns minutos, a tripulação agarrou-se ao mastro para salvar suas vidas.

Quando a cabeça do tubarão parou junto à borda da embarcação, por um momento pareceu que o animal estava rindo, surpreso, para eles. O fio de sangue logo se transformou numa torrente, e a água ao redor da jangada ficou totalmente vermelha. A cauda debatia-se descontrolada, a criatura estremecendo conforme sua vida se esvaía como o ar escapando de um pneu furado.

Com uma expressão determinada, Beck afundou o facão ainda mais no cérebro do animal. Incapazes de crer que o perigo finalmente tinha passado, Marco e Christina ainda se agarravam ao mastro. Beck socou o ar, triunfante. Com rosto e braços cobertos de sangue, ele despencou no convés, enquanto o corpo sem vida do tubarão boiava ao lado da jangada.

Durante algum tempo, ninguém falou. A vela panejava, solta na brisa. De repente e sem aviso, Beck levantou-se de um pulo, murmurando para si mesmo como se estivesse em transe.

— Tenho que soltá-lo. Tenho que soltá-lo. Senão, todos os outros tubarões do mar virão como moscas para nos cercar.

Novamente firmando os pés, Beck puxou o cabo do facão, tentando soltá-lo desesperadamente do fundo da lateral da cabeça do tubarão. Mas, por mais que tentasse, não conseguiu puxá-lo para fora. Marco se soltou do mastro, e os dois meninos juntos agarraram o cabo e puxaram com toda a força.

Finalmente, com um último puxão e um barulho desagradável, parecido com uma bota se soltando da lama, a lâmina finalmente apareceu, e os meninos caíram para trás com sangue pingando. Christina segurou o leme enquanto o tubarão e a jangada começaram a se afastar lentamente.

A batalha pelo *Bella Señora* chegara ao fim.

CAPÍTULO 19

Beck deixou a jangada à deriva. Machucados e exaustos após a luta com o tubarão, a tripulação adormeceu enquanto a *Bella Señora* navegava pela noite. No que pareceu um piscar de olhos, o sol completou seu caminho em torno da Terra e mais uma vez despontou no horizonte diante deles. A cor do mar começou a mudar. Do negro, tornou-se púrpura. De púrpura para vermelho e de vermelho para rosa.

Beck calculava a posição deles. O vento e a corrente levavam a jangada rumo ao sol nascente com determinação.

— O sol nasce no leste. Então estamos velejando para lá — murmurou o exaurido capitão, como se tentasse se convencer daquilo que o cérebro lhe dizia. Já estavam no mar havia duas noites e um dia. A uma velocidade média de quatro ou cinco nós por hora, Beck estimou que haviam navegado por cerca de 250 quilômetros.

Bandos de pássaros voavam ao longe e nuvens cúmulos pipocavam pelo céu como chumaços de algodão. Beck observou atentamente, mergulhado em seus pensamentos. Um toque verde manchava a base achatada das nuvens.

— Reflexos da mata — disse por fim. — E aqueles pássaros são pelicanos. O que significa que não estamos longe da...

— Terra! — gritou Marco, dando um pulo e apontando freneticamente. Christina acordou num instante, sacudindo o sono dos membros cansados e olhando por através da névoa na direção para a qual Marco apontava. O contorno dos picos altos das montanhas podia ser visto no horizonte, manchas de neve brilhando sob o sol da manhã. Marco abriu um sorriso.

— As famosas montanhas de Sierra Nevada da Colômbia. Cidade Perdida, aí vamos nós!

Mas Beck já desviara o olhar de volta para o mar com uma expressão preocupada. Nuvens parecidas com depósitos planos de neve assomavam-se no horizonte.

— Más notícias, pessoal. Parecem nuvens nimboestratos. É possível que a gente enfrente uma tempestade ainda hoje. Nossa única esperança é chegar à terra antes da chuva.

Beck tirava alguma coisa de debaixo da camisa. Uma fivela soltou-se e ele colocou uma bolsa plástica para mapas no colo.

— Aposto que Gonzalo ia gostar de uma dessas — disse, abrindo a bolsa sobre o convés. Dentro dela estava o mapa do conquistador. — Jamais saia de casa sem uma bolsa à prova d'água para mapas. Esse é o meu lema.

— Parece mais o mapa dos túneis de uma toca de coelho do que da Cidade Perdida — comentou Christina, os gêmeos olhando por cima do ombro de Beck para o mosaico intrincado de linhas traçadas com tinta preta, agora desbotada.

— Estive pensando sobre ele de novo — disse Beck. — Acho que tem três partes. Três seções diferentes da viagem. — Ele olhou para as montanhas; os picos mais altos apareciam recortados contra o azul profundo do céu matinal.

Subitamente, Marco soltou um grito e tirou o saco com o mapa das mãos de Beck e o colocou contra o céu. Uma linha grossa e ondulada fora desenhada no alto do pergaminho. Outras linhas saíam dela, descendo pela página, onde, aqui e ali, apareciam cruzes e palavras em espanhol antigo. Marco colocou o mapa diante dos olhos de forma que a luz pudesse atravessar o pergaminho. Franziu o olhar e moveu o mapa lentamente de um lado para outro. Finalmente, parou.

— Vejam — disse, cada vez excitado. — Esta devia ser a visão de Gonzalo das montanhas quando os navios chegaram. Ele traçou cada pequena ravina e o pico. O contorno das montanhas é praticamente o mesmo da linha do mapa. Dá para ver através do pergaminho. Se encaixam quase que perfeitamente.

Sob um corte no alto das montanhas, uma linha sinuosa descia até uma grande cruz. Ao lado dela, em maiúsculas escuras, estavam as palavras:

AQUI. 8 DIC. AÑO DE. NUESTRO SEÑOR MDXXII

— *Aqui. 8 de dezembro. Ano 1521 de Nosso Senhor* — murmurou Marco. — Deve ter sido onde os conquistadores desembarcaram. Combina perfeitamente. As linhas descendo das montanhas devem ser rios. As outras, trilhas pela floresta. Tudo começa a fazer sentido.

A euforia foi tomando conta da tripulação à medida que se aproximavam da terra. O sol, no entanto, passou sobre suas cabeças, a tarde avançou e o vento começou a soprar mais forte. As nuvens de tempestade se assomavam sobre eles. Quase pretas na base, alcançavam centenas de metros para o alto. No topo, uma delas havia se achatado como a bigorna na forja do ferreiro.

— Cúmulos-nimbos — explicou Beck. — Nuvens de tempestade. Mau sinal. Achei que a gente ia conseguir chegar à terra antes da tempestade, mas nada feito. A gente aguentaria uma chuvinha de água fresca, mas aquilo lá pode afogar uma cidade.

Christina estava com a cara fechada.

— Não preciso de um especialista em sobrevivência para me dizer isso, Beck. Acho que aquelas nuvens afundariam o *Titanic*, que dirá a *Bella Señora*.

O vento soprava cada vez mais forte em direção à terra. O mar começava a se erguer sob a jangada, fazendo com que ela subisse e voltasse a cair entre as ondas. Beck via a faixa de areia branca da praia, espremida entre o verde da mata e o azul do mar. Por toda sua extensão, a linha era interrompida por cortes negros dos promontórios rochosos.

Ele olhou ansiosamente para o céu. Se a tempestade tivesse chegado apenas umas poucas horas mais tarde, eles poderiam ter escolhido o local onde aportar facilmente. Mas com a força do vento e da correnteza, estava ficando quase impossível manejar o leme. A jangada estava sendo jogada diretamente contra as rochas que separavam duas baías. A espuma branca das ondas que se abriam naquela direção revelava que um banco de areia formara-se para além do promontório, as ondas se dividindo em duas como o tráfego de carros numa bifurcação.

Mais para dentro, de cada lado do promontório, ondas gigantes trovejavam ao se quebrar nas praias.

— Não vai demorar — gritou Beck por cima do rugido do vento. — Farei o que for possível para manter a jangada entre as ondas. Se ela começar a surfar nas cristas, vamos ser jogados direto nas pedras.

Conforme ele gritava as instruções, Christina e Marco faziam o possível para manter a jangada firme. Ringo havia abandonado seu poleiro no alto do mastro, seus gritos se perdendo no vento enquanto ele circulava sobre eles. Mas então uma onda enorme os carregou para o alto e os gêmeos se sentiram alçados para o céu, como se uma mão gigante os arremessasse para o baixio.

Quando caíram, um impacto aterrador abalou a embarcação de cima abaixo. Ela bateu com uma quina no fundo do mar e, quando a onda seguinte os pegou mais uma vez, a jangada girou e os gêmeos caíram no meio da espuma furiosa. Por uma fração de segundo, Beck viu os dois se debatendo desesperadamente entre as ondas e ouviu um grito de Ringo vindo bem lá do alto. Em seguida, perdeu-os de vista quando outra onda enorme se rompeu sobre a jangada e o jogou contra o mastro. Suas pernas pareciam geleia enquanto ele lutava desesperadamente para se segurar contra o empuxo que o jogava para baixo.

A água começou a ficar mais profunda novamente, e as ondas, mais regulares. A jangada soltara-se do banco de areia e estava sendo arrastada em direção à praia. À medida que a montanha de água crescia ao redor de Beck, a popa da embarcação era levada para o alto por mais uma onda.

Percebendo o perigo no último minuto, Beck mergulhou para longe conforme a onda varria a jangada para a praia. Jogando-se para a frente em meio à espuma furiosa, sentiu o corpo ser esmagado com força contra o fundo antes de o empuxo segurar suas pernas e começar a levá-lo de volta para o mar. Por um instante, chegou a ver Marco sendo jogado no meio das ondas antes que uma segunda onda estourasse e o lançasse para a areia. Livrando-se delas, respirou com força, resistindo à força das águas que puxavam suas pernas de volta.

Marco estava ao seu lado, sendo atirado de um lado para outro como uma boneca de pano no meio das ondas impiedosas. Esticando o braço, Beck agarrou a camisa do menino no momento exato em que uma onda enorme levantou-os e jogou-os na praia. E agora, por fim, estavam livres das ondas arrastando-se para a frente até despencarem, exauridos, na areia.

— Conseguimos! Estamos vivos! — Beck pegou um punhado de areia, aliviado. Mas Marco tinha uma expressão de horror no rosto. Estava branco e tinha os olhos arregalados.

— Christina... — sussurrou baixinho. — Christina. — Sua voz foi aumentando num crescendo conforme ele se punha de pé e começava a correr pela praia, procurando entre as ondas. — Christina! — gritou. — Christina!

Beck estava atrás dele, os olhos desesperados vasculhando a extensão da praia e o meio das ondas furiosas diante deles.

Mas o terceiro membro da tripulação da *Bella Señora* não estava visível.

Christina desaparecera.

CAPÍTULO 20

Beck sacudiu o sono do corpo exausto. Havia despencado debaixo de uma palmeira, os membros pesados e machucados. Não muito longe, ouvia Marco gemendo e virando-se, inquieto. Depois de uma busca infrutífera por Christina, seus gritos abafados pelo barulho das ondas, os meninos relutantemente abandonaram o esforço até a primeira luz do dia.

Depois que chegaram à terra, Marco ficou histérico, correndo cegamente de um lado para outro da praia, chamando a irmã aos berros. Percebendo o perigo de exaurirem o que ainda lhes restava de energia, Beck finalmente conseguiu acalmar o menino e convencê-lo que Christina provavelmente fora jogada na praia em algum lugar mais adiante.

— Ainda estamos vivos, então não há motivos para que ela também não esteja — ponderou, tentando desesperadamente manter o moral de Marco elevado. Gostaria que Ringo estivesse por perto, mas não havia sinal do papagaio desde que a jangada começara a ser jogada pelas ondas. Pelo menos, seu facão ainda estava lá enfiado na bainha, preso à cintura.

Agora, o sol começava a aparecer sobre o promontório, num céu de azul profundo. Os fiapos de nuvens que sobraram da tempestade da noite anterior espalhavam-se pelo horizonte como retalhos num varal. Os restos da *Bella Señora* estavam espalhados pela areia branca da praia. O mastro quebrado e os troncos de balsa rolavam mansamente entre as ondas. A vela, desfeita e rasgada, jazia na areia como um trapo velho.

Beck balançou a cabeça. Alguma coisa piscava por trás das pálpebras fechadas, como a lanterna brilhante de um médico. Ele sacudiu a cabeça, irritado, como se tirasse o cabelo dos olhos, e resmungou. Uma dor de cabeça que despontava, com certeza. E que iria ficar cada vez pior à medida que o sol subisse no céu. Engoliu. Já sentia a secura na garganta, e o dia mal acabara de começar.

Mas a luz voltou a piscar. De novo e de novo.

Protegendo os olhos com a mão, olhou pela praia na direção do promontório, onde despontava da baía como um dedo curvado. Alguma coisa muito estranha estava acontecendo. Marco estava de pé, pulando perto da água, movendo-se de um lado para outro como se estivesse jogando rúgbi. O feixe de luz dançava em seu corpo enquanto ele o perseguia pela praia, em direção ao promontório.

Mas o feixe tinha parado novamente e seguia um padrão. A luz piscava em intervalos regulares, agrupada em três levas de três piscadas curtas, longas, curtas de novo. Beck reconheceu o sinal imediatamente. Código Morse. SOS. O sinal internacional de socorro. O membro perdido da tripulação da *Bella Señora* sinalizava para eles do alto do promontório.

— Fiz exatamente o que você me ensinou, Beck — contou-lhes Christina quando os três adolescentes se reuniram mais tarde naquela manhã. Marco estava fora de si de tanta felicidade, e a irmã enxugava as lágrimas de alívio dos olhos. — Só me lembro de uma onda enorme me jogando para cima e me arrastando para o mar. Eu não lutei contra ela, só deixei a corrente me levar. Devo ter sido levada para a outra baía. Aí, de repente, toquei a areia com os pés e fui jogada na praia.

"Não achei a jangada em lugar nenhum e rezei para que vocês tivessem sido levados para o outro lado. Quando o dia clareou, subi no promontório e vi os destroços da jangada e achei que vocês fossem estar por perto. Aí, lembrei-me do meu espelho. Tinha esquecido que ele estava comigo. Deixo ele numa bolsinha dentro do bolso para emergências de verdade, tipo uma festa. Nem acreditei na minha sorte quando vi que ele estava inteiro."

O mar estava calmo agora. Nas partes rasas da baía, estava cor de limonada, a marola baixa criando sombras na areia do fundo como nuvens de um dia de verão.

— Parece até uma daquelas revistas de viagem da mamãe — comentou Christina. — Mas não sei por quê, não me sinto como se estivesse viajando de férias.

O paraíso não é um paraíso quando a gente acaba de naufragar. — Ela olhou em volta. — Ei, cadê o Ringo? Alguém viu ele? Claro que chegou à terra, certo?

Os outros dois balançaram as cabeças, e Beck tentou tranquilizá-la dizendo que o papagaio provavelmente logo apareceria.

A realidade da situação começava a clarear para ele.

— Precisamos nos abastecer logo — disse aos gêmeos. — Ou então vamos acabar torrados e mortos de fome, e aí podemos desistir de algum dia encontrar o tio Al e seu pai.

Christina apontou de volta para o promontório, onde a mata começava a subir em direção às montanhas. Rochedos enormes, lisos e redondos como balas gigantes de canhão, haviam rolado do alto das montanhas, como se uma raça de gigantes tivesse jogando bola de gude pelo litoral.

— Tem umas cavernas lá em cima, à esquerda, atrás das pedras — disse Christina. — Dormi numa delas.

— Perfeito — respondeu Beck. — Se a gente fizer o acampamento lá, vamos ficar aquecidos e secos durante a noite. Especialmente se voltar a chover. Vai nos poupar o trabalho de construir um abrigo até começarmos a avançar pela floresta. Mas precisamos de uma fogueira e de água. Não vai faltar frutos do mar por aqui. — Ele apontou para as pedras mais próximas ao início do promontório. — Afinal, nem tivemos chance de usar esses...

Beck procurou no fundo do bolso da calça e tirou um pequeno pedaço molhado de pano, um restinho do que um dia fora a imponente vela da *Bella Señora*. Abriu o embrulho cuidadosamente e pegou os dois objetos que ficaram pendurados em seus dedos como dois pontos de interrogação de cabeça para baixo. As pontas afiadas dos brincos de Christina brilharam à luz do sol.

— Mas, primeiro, precisamos botar um pouco de água para dentro. E rápido. — Ele passou a mão pela casca enrugada de uma árvore que formava um arco sobre a vegetação rasteira, erguendo-se para o céu como se fosse a tromba de um elefante.

— Cocos — disse. — Um dom de Deus para o marujo naufragado. Estão cheios de coisas boas: vitaminas, sais minerais, tudo isso. É só ter cuidado para beber só do coco verde. Se a pessoa beber muito do maduro, vai ficar com o intestino solto, e aí acaba mais desidratada do que antes. Mas não tem problema comer a polpa de qualquer um.

Segurando-se na árvore com as mãos em concha, Beck abraçou o tronco com as pernas, de forma que as coxas ficaram agarradas como se ele fosse um macaco. Com movimentos rápidos e precisos, ergueu-se com as mãos, as pernas apertando o tronco com um torno.

— Aprendi esse truque com um bicho preguiça em Bornéu — gritou para os gêmeos lá embaixo. — Eles são meio lerdos, mas é uma ótima maneira de subir numa árvore. É só ter cuidado para proteger as joias da família.

Marco abafou o riso e olhou de lado para a irmã, que ergueu os olhos para o céu e fingiu não ter ouvido.

— Cuidado aí embaixo! — Cinco cocos enormes caíram com uma batida surda no chão perto dos gêmeos, e logo Beck desceu rapidamente e se juntou a eles. Cortou a casca grossa de um deles com o facão. Logo que matarem a sede com o sumo fresco, abriram um deles, e depois mais um, para comer a polpa branca, que Beck já tinha cortado em pedaços.

CAPÍTULO 21

A tarde já vinha chegando quando eles foram procurar abrigo para a noite. Conforme Christina dissera, uma série de buracos, como pequenas cavernas, havia se formado no alto do morro, de onde as rochas haviam rolado até a praia.

— Precisamos acender uma fogueira — disse Beck. — Mas temos que catar folhas e mato seco para acendê-la. Chrissy, você pode ir atrás de material seco? Mato, folhas, até mesmo cogumelos, qualquer coisa assim. Tem que estar seco como papel, de maneira que dê para desmanchar com a mão. Procure nas fendas entre os galhos.

Ele virou-se para Marco.

— Marco, você vai atrás de gravetos. Galhos secos, pedaços pequenos que dê para quebrar. De preferência que não estejam no chão, mas ainda nas árvores, se conseguir. Depois daquela chuva toda, a maior parte da madeira no chão vai estar molhada, no meio de poças d'água. Eu vou procurar o combustível principal: troncos maiores para manter o fogo aceso depois que pegar.

Uma hora depois, estavam de volta à caverna. Além do mato seco, Christina esmagava um cogumelo orelha-de-pau seco que arrancara da base de uma palmeira. Beck estava armando a fogueira bem na frente da caverna.

— Estamos com sorte. Isso teria sido muito mais difícil ontem durante a tempestade. — Ele limpou a área e fez um círculo com algumas pedras que achou ali perto. Depois ajeitou a matéria seca, os gravetos e a lenha maior em pilhas organizadas, de forma que tudo estivesse à mão.

— Acho que você esqueceu uma coisa — disse Christina, quando Beck se afastou para admirar sua obra. — Não temos fósforos.

— Não, mas tenho isso. — Ele tirou um cadarço de sapato que estava pendurado em seu pescoço e mostrou dois objetos metálicos. Christina olhou com curiosidade. Um era uma haste de metal pequena e o outro parecia uma lâmina cega.

— Pederneira — explicou Beck. — Carrego para todo lugar. É magnésio misturado com outras coisas. Quando a gente usa o raspador na haste, ela solta uma chuva de faíscas e *presto!* Com um pouco de prática, temos fogo! Fósforos são inúteis quando estão molhados, de qualquer jeito. Já isso dura anos.

Ele se colocou junto ao chumaço de mato seco que tinha ajeitado até ficar do tamanho de uma bola de tênis. Depois, com um graveto, abriu um buraco no centro. Batendo com a lâmina de metal contra a haste com movimentos hábeis do pulso, provocou uma chuva de fagulhas que caiu no meio da erva seca.

Logo, com um ruído surdo, uma língua de fogo ganhou vida, seguida do estalido alto do mato começando a arder com intensidade. Beck, então, usou os gravetos que Marco havia coletado para armar uma tenda sobre as labaredas. Em pouco tempo, as chamas cresceram, e os gêmeos começaram a juntar gravetos cada vez mais grossos.

— Cuidado agora — advertiu Beck. — O fogo é frágil, precisa de ar para respirar. Se for abafado, vamos ter que começar tudo de novo. Vamos com calma que a gente logo chega lá. — Quando os gêmeos se afastaram, Beck começou a soprar na base do fogo. As chamas subiram pela pirâmide de gravetos.

Os gêmeos abriram enormes sorrisos quando sentiram o calor aquecendo os ossos

— Perfeito — disse Beck. — Sinto que logo teremos uma refeição de frutos do mar com coco. Estão servidos?

Os gêmeos foram catar mais madeira para alimentar a fogueira enquanto Beck seguiu as pedras do promontório, enchendo os bolsos de mariscos conforme andava. O truque era arrancá-los com um puxão antes que sentissem o perigo e se fechassem nas pedras, às quais estavam presos como se tivessem usado uma supercola. Depois, devagar e em silêncio, procurou pelas pequenas poças entre as pedras, atento ao movimento rápido de caranguejos ou de peixes aprisionados.

O sol já estava se pondo, uma hora mais tarde, quando voltou para a caverna. Marco e Christina riam como gatos de Cheshire, alimentando alegremente o fogo, que já havia formado um impressionante leito de carvão em brasa. As chamas animadas da fogueira lançavam sombras fantasmagóricas na parede dos fundos da caverna.

Beck sorriu, orgulhoso, ao exibir sua coleta. Segurava firmemente a casca marrom de um enorme caranguejo, as pinças se mexendo, inofensivas, no ar. Aproximando-o dos gêmeos para que vissem melhor, fez um movimento súbito com o bicho na direção de Christina.

— *Não, inglês!* Sai de perto de mim, seu inglesinho! — gritou ela, e Marco caiu na gargalhada. — Você vai ficar sem sua ração de água por causa disso.

Beck olhou para o fogo, de onde o vapor subia da lata que ele tinha usado da última vez para guardar as vísceras de peixe na *Bella Señora*.

— Achei jogada na praia — disse Marco, orgulhoso. — E adivinha só.

Beck levantou as sobrancelhas.

— Você encontrou tio Al e seu pai tomando um drinque na praia?

— Não tem graça, Beck — disse Christina. — Aposto que eles não vão jantar caranguejo hoje, onde quer que estejam.

Beck logo percebeu que a menina ficara chateada; olhou para ela e pediu desculpas.

Christina continuou em silêncio. Depois, sem avisar, abriu um sorriso.

— O que eu ia dizer é que achei uns dois litros de água da chuva no tronco caído de uma árvore. E conseguimos encher a lata com ela.

— Grande garota! — elogiou Beck. Ele se virou e sorriu para si mesmo. A sobrevivência dependia tanto do que conseguissem ter dentro da cabeça e dos corações quanto da luta contra os elementos. Manter o foco e continuar sorrindo era o primeiro passo. Beck sabia que tinha uma batalha nas mãos para manter o moral alto e os olhos na recompensa de encontrar o pai deles e seu tio Al.

Logo a polpa escura e borrachuda dos mariscos chiava em cima de uma pedra quente, e ele colocou o caranguejo dentro da água fervendo, as pinças debatendo-se desesperadamente até que finalmente ele afundou para as profundezas da lata. Depois do sofrimento no mar, aquela primeira refeição de verdade em dois dias parecia a melhor comida que já tinham provado. Quando as estrelas surgiram e o fogo começou a baixar, os gêmeos acomodaram-se juntos no fundo da pequena caverna. Beck ficou deitado, pensando e planejando até ser vencido pelo sono.

Ele acordou com um pulo. O fogo estava quase extinto e um arrepio percorria suas costas. Sentando-se, olhou para a linha da praia enquanto os olhos se ajustavam aos poucos à escuridão. Tudo parecia tranquilo; ainda assim, ele sentia nos ossos que algo estava errado. Ouviu, então, o som discreto de passos na areia que cobria a elevação, onde ela descia suavemente até a praia.

Seu coração disparou no peito, e ele olhou rapidamente de um lado para outro. Os gêmeos ainda dormiam profundamente ao seu lado. Beck se levantou devagar.

Mal ousando respirar, foi silenciosamente na direção dos sons dos passos. Deu a volta por fora da caverna e ouviu com atenção mais uma vez. Apenas o quebrar distante das ondas na praia rompia o silêncio.

Então, olhou para baixo. Sob a luz do luar, Beck viu claramente o contorno das pegadas se afastando da caverna. Com cuidado para não fazer barulho, seguiu as pegadas ao longo do promontório, descendo pela praia até onde a vegetação densa da floresta encontrava a areia.

O brilho fantasmagórico dos vaga-lumes piscava diante dele, contrastando com a escuridão absoluta da mata. Repentinamente, os seus olhos encontraram dois discos brilhantes, refletindo o brilho prateado da lua. No mesmo instante, ele se sentiu de volta à multidão de foliões do festival na frente do Hotel Casa Blanca, em Cartagena.

Beck olhava direto para o fundo dos olhos do índio.

CAPÍTULO 22

— O que foi que você viu? — perguntou Marco quando os três se reuniram em torno da fogueira de manhã. Beck tinha reavivado a fogueira, soprando as brasas cuidadosamente até que os restos não queimados da madeira se incendiassem de novo. O café da manhã foram os restos da refeição noturna, um caldo nada apetitoso diluído em água de coco e fervido dentro da lata.

Beck ainda estava perdido em seus pensamentos, revivendo os acontecimentos da noite anterior. No instante em que viu os olhos do índio kogi, instintivamente se jogou atrás das moitas. Mas, quando olhou novamente para a selva, todos os sinais do homem tinham desaparecido. Com o coração em disparada, Beck voltou para a caverna. Ficou olhando as estrelas, inquieto, enquanto os gêmeos dormiam. Não havia motivo para acordá-los: tentar rastrear o índio antes de o nascer do sol seria inútil e todos precisavam descansar.

— Vocês devem estar achando que eu sonhei com isso de novo — disse Beck. — Como na multidão do festival.

Bom, eu não sonhei daquela vez nem hoje à noite. E dessa vez tenho provas.

— Beck não estava sonhando — disse Christina, que havia desaparecido pelo promontório em direção à praia e agora estava de volta. — Eu segui os rastros e achei o lugar onde as pegadas de Beck acabavam e as outras continuavam para o mato. Alguém estava vigiando a gente essa noite. E não apenas em sonhos.

A bruma da manhã ainda pairava no ar quando ele levou os gêmeos até o lugar onde se escondera do índio.

— Era aqui que ele estava quando o vi — disse, pouco depois de uma rápida busca pela mata. — Dá para ver pelo contorno das pegadas. São mais profundas e borradas do que as de antes e depois.

Beck lembrou-se da época em que convivera com os bosquímanos San, no deserto de Kalahari, sul da África. Seu pai vivera com eles numa missão especial da Força Verde, e os San ensinaram seus segredos de como rastrear animais na selva. Foram eles que o ensinaram a ler o mundo sob seus pés como um livro aberto.

Seguindo as pegadas para o interior da mata, subitamente Beck ficou paralisado. Sem qualquer justificativa, as pegadas mudavam a direção e voltavam diretamente para a praia. Ele sentiu um arrepio. O tempo todo em que ele ficara examinando a floresta de seu esconderijo entre as moitas, o índio deve ter ficado observando-o de trás.

— Talvez haja um motivo para tudo isso — disse ele, olhando para a curva suave das palmeiras onde as pegadas desapareciam ao longo da baía. — Se Gonzalo desembarcou nesta praia, como mostra o mapa, é aqui que ele teria encontrado os índios kogis. E eles ainda devem saber onde fica a Cidade Perdida. De qualquer modo, já está na hora de irmos descobrir.

Beck foi na frente até o começo da praia, onde as pegadas logo desapareciam na areia macia. Depois de quase uma hora, chegaram do outro lado da baía. Olhando para trás, mal dava para ver o contorno da caverna onde haviam passado a noite, no promontório distante.

As palmeiras rareavam onde a areia se misturava com o capim alto que cercava o terreno mais baixo de um manguezal. Ouviram o barulho das asas dos pelicanos vindo do alto. As pegadas agora estavam claramente visíveis numa trilha que se afastava do mar na direção das montanhas. Pela quantidade de pegadas no barro, Beck concluiu que a trilha era usada regularmente.

Na distância, nuvens de fumaça manchavam o verde brilhante da floresta onde ela começava a subir pelas montanhas, e Beck viu o contorno escuro de um círculo de tetos de palha. Seguindo a trilha em meio ao mato alto, saíram na beira do manguezal; uma trilha mais acima seguia em direção à aldeia. De repente, um som familiar saiu do meio das árvores que cercavam as cabanas.

— Ringo! — gritou Christina quando eles se agacharam no meio do capim alto. — É o Ringo. Eu reconheço esse grito em qualquer lugar. Graças a Deus, ele está bem.

— Esperem aqui — disse Beck. — É melhor um de nós ir na frente. Se eu não voltar em uma hora, retornem para a caverna e esperem por mim lá. Precisamos descobrir se os kogis são amigos ou inimigos.

Nervosos, os gêmeos o observaram se afastar pela trilha. A cada curva do caminho, Beck parava para escutar atentamente, procurando identificar o som de passos se aproximando dele.

Finalmente se aproximou o bastante da aldeia para conseguir distinguir as cabanas. Três círculos de habitações haviam sido construídos em torno de uma clareira; duas cabanas maiores, com telhados mais elaborados, foram construídas, uma em cada ponta. Quando chegou junto às árvores próximas ao local, Beck agachou-se no meio da vegetação e observou por uma abertura entre o círculo de cabanas por onde o caminho desaparecia aldeia a dentro. Não viu Ringo em lugar nenhum.

Colunas de fumaça ainda subiam sobre as cabanas, mas nenhum som vinha da clareira entre elas. Tudo o que Beck ouvia agora eram as batidas de seu coração. Saindo da proteção das árvores, ele segurou o cabo do facão que pendia de sua cintura e entrou caminhando corajosamente pela curta avenida entre as cabanas.

CAPÍTULO 23

Um cheiro de comida no fogo pairava no ar; nas fogueiras, lenha queimava devagar sob panelas penduradas. Uma sandália de couro fora deixada no chão diante de uma das cabanas, ao lado de um prato feito de folhas de palmeira. Mas nenhum som humano quebrava o silêncio.

Beck deu meia-volta devagar, com todos os pelos da nuca arrepiados. O sol estava alto no céu, fazendo com que franzisse os olhos enquanto olhava para dentro da escuridão misteriosa de uma das cabanas. Então, um grito abafado irrompeu repentinamente de seu peito, e ele recuou de volta para a clareira, o coração disparado dentro do peito. Como estrelas no céu da noite, quatro pares de olhos o encararam de volta.

Beck então ouviu um movimento atrás de si e se virou rapidamente. Na sua frente, estava o índio daquela noite fatídica, no meio da multidão de Cartagena. Os familiares olhos penetrantes estavam agora a poucos metros de distância e olhavam diretamente para dentro dos seus. Beck engoliu com força e abriu a boca para falar. Mas as palavras não saíram. Sentia a boca seca. O índio não se moveu.

— Eu vim para... para... encontrar... — finalmente gaguejou, com dificuldade para que as palavras saíssem. Começou de novo. — Meus amigos e eu naufragamos na praia perto daqui e não temos nem comida, nem água. Não queremos fazer mal.

Ao se dar conta de que estava agarrado ao cabo do facão, Beck colocou-o lentamente no chão, antes de mostrar a palma num sinal de paz. O índio não se moveu, mas continuou olhando-o fixamente nos olhos.

Sob o sol quente, Beck começava a sentir a cabeça leve. Uma parte dele queria fugir. Correr agora, correr muito. Mas suas pernas pareciam chumbo. O índio então começou a falar. Nem um só músculo de seu rosto se movia; os lábios pareciam quase imóveis. Mas as palavras ecoaram profundamente no fundo da cabeça de Beck.

— Meu nome é Kojek — disse. — Sou o mais velho dos índios kogis. Aqui é nossa casa. Sem as nossas boas-vindas, você é um intruso.

Beck abriu a boca e tentou falar. Novamente, não conseguiu dizer uma só palavra.

— Venha — disse Kojek. — O Jovem Irmão precisa aprender alguns de nossos costumes.

A essa altura, uma pequena multidão de aldeões havia saído das cabanas em volta da clareira. Mantiveram-se em grupos familiares, as crianças na frente dos pais, como se estivessem esperando um visitante e se apresentassem com os melhores trajes. Os lisos cabelos negros emolduravam os rostos morenos. Mas suas expressões mantinham-se imóveis. Nem sequer um sorriso ou uma testa franzida. Nenhum sinal de boas-vindas ou de reprovação.

De uma cabana maior do outro lado da clareira, apareceu um pequeno grupo de homens. Também vestiam a túnica branca da tribo kogi, com chapéus pontudos como o teto das cabanas. Kojek foi na frente em direção ao grupo de anciãos, que se abriu para deixá-los passar, e então entrou na cabana.

Ao sair da intensa luz do sol, o mundo escureceu; ele entrou na cabana atrás do índio. Quando seus olhos se acostumaram com a escuridão, sentou-se com as pernas cruzadas no centro. A cabana era dividida em quatro seções, com uma fogueira no meio de cada uma, cuidada por um dos pajés da tribo.

— Jovem Irmão — disse Kojek. —, você é bem-vindo à nossa casa. Nós, o povo kogi, somos o Antigo Irmão. Somos os guardiões da terra. Nosso trabalho é proteger as montanhas entre as quais vivemos. — Kojek fez uma breve pausa antes de prosseguir. — Na primeira vez que outro dos Jovens Irmãos veio aqui, vocês mataram nosso povo e queimaram nossas casas. Seu líder encontrou nossa cidade sagrada na selva e tirou o sangue vital da Mãe. Logo depois, abandonamos a cidade. Quando o Jovem Irmão voltou, não encontrou mais a cidade e vingou-se de forma terrível.

A cabeça de Beck girava.

Kojek voltou a falar.

— Em consequência dos atos do Jovem Irmão, nosso mundo está morrendo. Nossa cidade sagrada foi tomada pela floresta muitos séculos atrás. Para vocês, é uma cidade perdida, mas para nós é uma cidade adormecida. Um tesouro nos foi roubado. Você precisa devolver para a Mãe o que seus ancestrais roubaram. Apenas um Jovem Irmão pode devolvê-lo.

Kojek levantou-se novamente, os braços esticados para Beck.

— Jovem Irmão, o tesouro que vocês chamam de ouro é o sangue da Mãe. Sem o seu sangue vital, ela morrerá. Nos picos de nossas montanhas, as neves eternas estão derretendo. Logo os rios vão secar e o povo morrerá. O Antigo Irmão não pode curar a terra por muito mais tempo se o Jovem Irmão continuar deixando-a sangrar.

Beck olhava profundamente nos olhos de Kojek. Nada mais parecia tão real. A aldeia, a cabana, os kogis — tudo parecia estar se dissolvendo no ar. Sentiu a mão buscar o amuleto de ouro dentro da camisa. Desde que haviam descoberto o esconderijo secreto de Gonzalo, Beck manteve a rã pendurada no pescoço como um talismã de boa sorte.

Ele a segurou com força e sentiu uma onda de cansaço abater-se sobre si.

Em seguida, tudo ao seu redor escureceu.

CAPÍTULO 24

Beck estava na praia, olhando para o mar. A cabana, os kogis, Kojek — tudo havia sumido. E alguma coisa dentro dele também tinha se modificado. Sim, ainda era ele mesmo. Ainda era Beck Granger ali parado, pensando com a própria cabeça. Mas havia entrado num mundo diferente — estava sonhando que os kogis estavam para mostrar-lhe o passado deles.

Seus olhos percorreram o horizonte nervosamente. A não mais que algumas centenas de metros além da arrebentação, Beck via algo que jamais vislumbrara, a não ser nas páginas de um livro de história. Dois galeões espanhóis estavam ancorados na baía, suas bandeiras tremulando ao vento.

Olhou-os incrédulo por algum tempo, incapaz de mexer um músculo, incapaz sequer de acreditar no que estava vendo. Mas outra coisa chamou sua atenção: botes a remo eram baixados na água do convés dos navios, e Beck podia ouvir os gritos abafados da tripulação chegando por cima das ondas. Os homens nos botes gritavam para os que estavam nos navios enquanto recebiam mantimentos dos marinheiros por cima do guarda-corpo. Enquanto isso, pares de remo surgiram dos lados dos botes quando pousaram na superfície.

Então, outra carga, mais preciosa, era lenta e cuidadosamente baixada para os homens nos botes. Eram objetos longos e finos, e, antes que cada um fosse entregue, a pólvora de uma bolsa de couro era colocada numa das extremidades e socada para o fundo com uma longa vara. Com um choque súbito de reconhecimento, Beck deu-se conta do que se tratava.

Com as proas apontadas para a praia, os barcos a remo vinham rapidamente em sua direção. Próximo à popa do primeiro barco, Beck viu um homem que obviamente era o comandante, gritando ordens. Calmamente sentado enquanto os demais remavam, tinha os olhos fixos nas montanhas além da praia.

Com um pergaminho aberto sobre os joelhos, nitidamente movia a cabeça de um lado para outro, percorrendo a terra diante de si. Com a aproximação dos botes, Beck conseguiu distinguir os traços do homem com mais detalhes. Cambaleou para trás com um choque. O perfil daquele nariz longo e reto era inconfundível.

Beck então ouviu um grito. Os homens do primeiro bote apontavam em sua direção. E não pareciam amistosos. O brilho de uma lâmina espanhola piscou sob a luz do sol, e os remadores redobraram os esforços, com os barcos mudando de direção, voltando-se diretamente para ele.

Beck sentiu as pernas dispararem pela praia, pela trilha através do manguezal, rumo à aldeia. Os homens de lá já estavam se agrupando. Mulheres e crianças estavam reunidos na clareira, e Beck ouviu o choro assustado das crianças que se agarravam às pernas das mães.

Os homens seguravam lanças e espalhavam-se pelo caminho para além da entrada da aldeia.

Foi quando Beck viu o que o seu coração mais temia. O próprio comandante avançava pela trilha em sua direção. Sua barba era mais irregular do que no retrato, e os olhos, mais cruéis. Beck sabia agora com certeza para quem estava olhando.

Agachado entre a vegetação, sentiu fraqueza nas pernas ao tentar se levantar. Via todos os detalhes agora, cada mínima mudança de expressão no rosto do homem. Atrás dele, os do bote a remo vinham em fila, vasculhando o horizonte com nervosismo de um lado para outro. E, quando o olhar do homem cruzou o seu, Beck congelou. Não havia dúvida agora. Ele olhava diretamente para os olhos do ancestral dos gêmeos, o famoso conquistador, Don Gonzalo de Castillo.

Por um instante, ninguém se moveu. Os ouvidos de Beck ardiam, e ele ouvia todos os sons nos mínimos detalhes. A respiração pesada dos marinheiros, o barulho de correntes batendo no metal. Atrás dele, na floresta, o canto de um beija-flor soava como de ópera. Na frente dele, um passarinho de penas amarelas brilhantes e bico em gancho voejava entre as flores brancas do manguezal.

Gonzalo ergueu o braço, a palma da mão voltada para Beck, como um sinal de paz. Em resposta, os homens da aldeia lentamente começaram a se levantar, a ponta das lanças voltadas para o céu, não mais na direção de Gonzalo e seus homens. De repente, houve um lampejo, seguido de uma explosão e de uma nuvem de fumaça.

Imediatamente, todos os sons da floresta desapareceram, afogados pelo ruído dos gritos, brados e tiros de mosquete. Beck, então, sentiu uma dor profunda no ombro esquerdo, como o golpe de um martelo. Seu corpo fraquejou e ele caiu de joelhos.

Tudo ao seu redor ficou caótico. As bocas dos mosquetes flamejavam a cada segundo, enquanto os homens de Gonzalo desapareciam atrás de nuvens de fumaça. Beck sentiu-se arrastado por alguém pela trilha em direção à aldeia. Seu ombro estava entorpecido, mas ele sentia o sangue escorrer entre os dedos enquanto tentava cobrir o ferimento com a mão. Estava no meio das palmeiras, próximo à entrada da aldeia, quando os braços que o puxavam subitamente soltaram e um kogi caiu ao seu lado. Tinha os olhos fechados e a cabeça caída sobre o peito.

A mente de Beck perdeu-se e, durante algum tempo, ele deixou de perceber o que acontecia ao seu redor. Quando voltou a si, os homens de Gonzalo passavam correndo por ele, entrando na aldeia. O fogo queimava os tetos de palha das cabanas, a fumaça cáustica subindo em rolos para o céu.

Beck voltou a ser arrastado pelo chão. Mas, dessa vez, eram os homens de Gonzalo que o arrastavam, gritando e xingando. Seu ombro parecia ter recebido várias facadas. Foi, então, largado brutalmente no chão, no centro da aldeia. Observou, impotente, a entrada de Gonzalo na aldeia em chamas, e um de seus homens apontou para o lugar onde Beck estava caído.

Gonzalo ficou de pé junto a Beck, encarando-o. Beck via cada detalhe dos traços do conquistador. A pintura na sala de baile do Casa Blanca, a estátua na praça e o retrato no rancho haviam capturado a semelhança, realmente. Mas havia algo que tinham perdido. A nobreza dos traços desaparecera e a crueldade retorcia os lábios de Gonzalo, faiscando em seus olhos.

Ajoelhando-se ao lado de Beck, ele fechou a mão ao redor de algo. Quando levantou o braço, uma corrente de ouro brilhou com os reflexos do sol. Os traços familiares do amuleto da rã, os olhos saltados, a barriga inchada, a boca escancarada, estavam voltados para ele.

Por um momento, Gonzalo balançou-o diante do rosto de Beck. Depois, ajoelhou-se ainda mais perto e sussurrou em seu ouvido.

— *Perdido, yá no más.*

CAPÍTULO 25

Beck debateu-se e mexeu-se durante uma parte do sono. Mas, agora, o canto abafado dos kogis havia tranquilizado os sonhos agitados, e a batida ritmada e lenta de um tambor acalmou o *tum, tum, tum* de seu coração em disparada.

Por trás das pálpebras fechadas, era possível ver a luz indistinta da manhã e sentir o frescor do ar brando. O canto estridente de um galo atravessou o silêncio, e ele percebeu que uma voz conhecida chamava seu nome. Por alguns poucos e deliciosos momentos, Beck achou que estava de volta em casa, na fazenda do tio Al, no interior. Tia Kathy chamava-o para descer e ir tomar o café, e ele sentia o cheiro da fritura do bacon e do pão recém-saído do forno.

Mas agora alguém o sacudia e batia levemente no seu rosto, e ele sentou-se com um pulo.

— *Buenos dias, señor* Granger — disse a voz. — Dormiu bem? — Era Christina.

Beck esfregou o sono dos olhos e olhou em volta. O sol entrava pela porta da cabana. Mas tudo havia se modificado desde a noite anterior. Os kogis não estavam mais lá e ele estava sozinho com Christina. Numa panela pendurada em cima de uma fogueira, alguma coisa parecida com um mingau ralo fervia suavemente.

Christina lhe entregou uma tigela cheia da gororoba fumegante.

— Saboroso — disse ela, levantando as sobrancelhas até o céu. — Só que não!

— Mas provavelmente a melhor refeição que teremos por um bom tempo — respondeu Beck. — Então é melhor aproveitar ao máximo. — Onde está Marco?

— Conversando com os aldeões — respondeu Christina, indicando a porta com a cabeça. — Os kogis nos encontraram ontem depois que você desapareceu. A gente esperou e esperou, até que um grupo de aldeões apareceu do nada e nos trouxe para cá.

Ela sorriu, tímida, insegura de se prosseguia ou não.

— Era como se soubessem que a gente estava lá. Eles nos contaram tudo, Beck. Sobre os kogi serem os Antigos Irmãos e nós os Jovens Irmãos. E a história de Gonzalo roubando o amuleto da rã da Cidade Perdida. E seus homens incendiando a aldeia como vingança por não conseguirem encontrá-la de novo.

Beck assentiu.

— Também me contaram. — Fez uma pausa e respirou fundo. — E mais! — Ele contou o sonho para Christina e sua visão de Don Gonzalo e dos homens incendiando a aldeia. Quando terminou, tirou o amuleto da rã do pescoço e o segurou contra a luz.

— E foi isso que causou todo o problema. Kojek, o índio que eu vi na praça naquele dia em Cartagena, me disse que isso é a oferenda deles para a Mãe Terra, que era um objeto sagrado de seus ancestrais. Gonzalo a roubou e agora ela precisa ser devolvida.

— Será que os kogis sabem que papai e seu tio foram sequestrados, Beck? E sobre por que precisamos encontrar a Cidade Perdida urgentemente? — perguntou Christina, fazendo muito esforço para se manter calma. — Estou muito preocupada.

— Não sei — respondeu Beck. — Mas não podemos fazer com que corram mais perigo. Temos que nos virar sozinhos se quisermos resgatar o tio Al e o pai de vocês.

Ele se levantou e foi até a porta da cabana. Lá fora, grupos de kogis cumpriam suas tarefas diárias. Marco estava conversando com alguns moradores, mas, quando viu Beck, interrompeu a conversa e veio para a cabana.

— Dormiu bem, amigo? — perguntou com um grande sorriso, envolvendo o colega num caloroso abraço de urso.

Um pequeno grupo de crianças curiosas logo se juntou em torno dos meninos, implorando para que fossem jogar com elas algo que Beck achou parecido com amarelinha. Christina foi arrastada para ajudar, mas nenhum deles era páreo para as crianças kogis. Depois, os três foram para um canto da aldeia e sentaram-se com as costas apoiadas numa árvore.

— Os aldeões são muito amigáveis, Beck — disse Marco —, mas querem que a gente vá embora imediatamente. Estão dizendo que a Cidade Perdida está em perigo. Acho que eles sabem da quadrilha e do sequestro.

— Se o tesouro de Gonzalo não for devolvido — disse Beck, segurando o amuleto —, eles acreditam que as montanhas e a floresta vão morrer. Mas, antes disso, temos que achar o tio Al e o pai de vocês.

De repente, ouviram um barulho atrás deles. Kojek viera silenciosamente e estava parado, observando. Uma vez mais, os olhos do sacerdote atravessaram Beck, e o garoto sentiu como se estivesse sendo hipnotizado lentamente. Havia uma apreensão e urgência no olhar do kogi que Beck ainda não tinha visto.

Kojek o pegou pela mão e atravessou o pátio com ele em direção à entrada da aldeia. Um grupo de jovens estava reunido em torno de uma fogueira; um fazia uma tatuagem num menino mais novo. Perto deles, um grupo de mulheres mais velhas lavava os longos cabelos negros de uma menina. Marco acenou para o grupo que estava sentado de pernas cruzadas em torno de uma mulher num tear, e, sorrindo, eles acenaram de volta.

— Andei fazendo amigos — disse Marco, mostrando uma das bolsas com alça a tiracolo, feitas com o pano listrado tecido pelas mulheres e usadas pelos kogis para carregar seus poucos pertences. — É um presente dos aldeões. Pode ser útil... nunca se sabe.

Um grito familiar os saudou quando Kojek, os meninos e Christina saíram da aldeia, e Ringo mergulhou num voo rasante sobre eles, vindo do alto de uma das cabanas.

— Venha, Ringo! — gritou Marco. — Estamos de partida. Hora de ir embora.

Enquanto Kojek guiava-os pela trilha que saía da aldeia, Beck olhou pensativamente para além do manguezal, na direção do mar. Tudo se acalmara agora, e não havia qualquer sinal dos galeões de Gonzalo que ele avistara em seus sonhos. Na distância, podia ver a faixa clara da praia e as linhas brancas de ondas oscilando suavemente na areia. Acima deles, as palmeiras estendiam-se para o céu como espanadores de pó gigantes.

Ninguém falou nada ao saírem em fila única pelo caminho largo que ia em direção à floresta. Logo começaram uma subida íngreme rumo às montanhas, e a figura fantasmagórica de Kojek desapareceu na distância diante deles. A agitação acolhedora da aldeia logo se transformou numa lembrança distante. O cheiro penetrante da maresia desapareceu, substituído pelo odor úmido e quente da terra em suas narinas, enquanto o calor sufocante fechava-se ao seu redor.

CAPÍTULO 26

Não conseguiram chegar a um acordo sobre o momento em que finalmente perderam Kojek de vista. Mas, justamente quando acabavam de perceber que ele havia sumido, o caminho começou a ficar nivelado e eles saíram da floresta para a encosta de uma montanha de onde viam a aldeia, agora centenas de metros abaixo. De um lado e de outro, viram campos cultivados em platôs.

— Milho — disse Beck, surpreso, olhando para as fileiras de pés de milho acima deles. — Os kogis devem fazer suas plantações aqui em cima porque é mais seco e bate mais sol. Foi isso que comemos no café da manhã. Os índios moem o milho até virar uma pasta, embora eu reconheça que é muito mais gostoso comer direto da espiga.

Marco carregava o facão agora e, com golpes ágeis, cortou seis espigas em seus envelopes verdes dos caules para guardá-las na bolsa.

— Kojek deve ter nos trazido até aqui de propósito — disse Christina. — Como um último presente antes de se despedir.

— E agora é com a gente — concluiu Beck, desanimado. — Kojek me disse que a Cidade Perdida fica a apenas dois dias de caminhada daqui, mas vai ser difícil chegar lá. As trilhas não são usadas há anos. Tem um rio num planalto a leste daqui que vai até a cidade. É nossa única chance de encontrar o tio Al e o pai de vocês.

— *Através do vale, pelo planalto, corre o rio* — disse Marco, como se cantasse um mantra. — Kojek me disse para memorizar essas palavras também, Beck. — Ele parou de falar e olhou para o amigo com um jeito de quem sabia das coisas. — Ou talvez eu tenha sonhado.

O outro sorriu.

— Precisamos confiar nos kogis. Sem uma bússola, só tem um jeito de caminhar por dentro de uma floresta, e é encontrando um rio. Mas, normalmente, fazemos isso quando queremos *sair*, não *entrar*.

Back olhou pra longe.

— Quando a gente chegar no alto do planalto, vamos poder observar da copa das árvores e localizar o vale do rio. Depois vamos seguindo-o até a Cidade Perdida.

— Mas o que a gente vai fazer quando encontrarmos a Cidade Perdida? — perguntou Christina. — Que chance a gente tem contra os sequestradores? Com certeza eles estarão armados. — Ela estremeceu.

Beck respirou fundo.

— Se conseguimos sobreviver ao ataque de um tubarão, sobreviveremos a qualquer coisa. *Mantenha a esperança viva.* Primeira regra da sobrevivência, Chrissy. E querem saber de uma coisa?

Os gêmeos balançaram a cabeça afirmativamente.

Beck tirou o amuleto do pescoço e o balançou na luz do sol.

— Se conseguirmos sobreviver à selva e devolver isso para a Cidade Perdida, tenho certeza de que os kogis vão nos ajudar. Alguma coisa me diz que eles vão estar nos vigiando... mesmo de longe. — Fez uma pausa. — E, caso contrário, lembrem que também temos o elemento surpresa. — Ouviram um grito vindo de algum lugar lá de cima. — Ah, e o Ringo também — completou, olhando para o alto.

O dia ia ficando mais quente, e eles começavam a sentir o suor escorrer. O rosto de Christina ficara vermelho brilhante, a boca permanentemente aberta enquanto ela andava com a cabeça baixa.

— Você está ficando muito desidratada, Chrissy — apontou Beck. — Precisa beber alguma coisa. E tem que ser agora. — Ele olhou para o alto das árvores que os cercavam, mas o único sinal de água que Christina conseguia ver eram as gotas de suor pingando de suas roupas encharcadas.

— Tarzan entendeu tudo errado — disse Beck, puxando um pedaço grosso de cipó que pendia de um tronco. Ele pegou o facão com Marco e, segurando-o o mais alto que conseguia, cuidadosamente fez um corte na polpa dura do cipó. Em seguida, golpeou com força na raiz, onde ela desaparecia para dentro da terra, antes de puxar a extremidade cortada de forma a ficar sobre a boca aberta de Christina. Gotas enormes de água límpida pingaram nos lábios ressecados da menina.

— Os cipós são mais úteis para matar a sede do que para balançar entre as árvores — disse Beck. — Melhorou?

Christina secava a boca com as costas da mão.

— Foi a melhor água que já provei — confirmou ela, prontamente.

Beck cortou outro cipó para Marco e mais um para si mesmo.

— É como sugar água numa pipeta de laboratório de escola — explicou. — Os cipós sugam a água do solo através das raízes para poderem crescer. Se você corta junto da raiz, a gravidade toma conta. E, pronto, uma mangueira cheia de água.

Os gêmeos continuaram a beber sofregamente enquanto Beck entrava no mato e voltava com três varas longas. Entregou uma para cada um e ficou com a outra.

— A única maneira de se mover rapidamente pela floresta é ir devagar— disse. — Se você lutar contra isso, a selva só vai reagir com mais força. Vai arrancar a pele das suas costas, a menos que você vá com calma. Mexa-se como um dançarino, não como um touro numa loja de porcelana. Solte os ombros, gire os quadris.

Ele pegou uma das varas e avançou pela vegetação rasteira, mexendo a vara de um lado para outro diante de si, pouco acima do solo.

— Fiquem atentos às cobras. Vão devagar e pisem com força no chão. As cobras sentem a vibração, e é bom a gente avisá-las bastante. Só atacam se estiverem encurraladas, pelo menos na maioria das vezes! — Beck sorriu.

A trilha tinha desaparecido e a folhagem densa começou a prendê-los por todos os lados, puxando e agarrando-se em suas roupas e pele.

— Se alguém se perder neste matagal, vai se ver em apuros — advertiu Beck, golpeando os espinhos e gavinhas que os espetavam de todos os lados. — É selva secundária. O pior tipo. As árvores foram derrubadas no passado, e, quando entra luz, a vegetação rasteira fica enlouquecida. Acaba estrangulando tudo no caminho. Inclusive a gente.

Mas alguma outra coisa tinha chamado a atenção deles. Pulando pelos galhos das árvores da selva acima, Ringo vinha anunciando sua presença de tempos em tempos. Agora, de repente, seus gritos se tornavam ainda mais estridentes.

— Este pássaro parece mais uma motosserra do que um papagaio — murmurou Beck baixinho.

À frente, havia um grande galho destroçado. Ringo tinha parado em cima dele, batendo as asas e gritando loucamente.

— Até parece que esse papagaio idiota nunca viu uma árvore antes — disse Marco. — Acho que deve ter sido derrubada pela tempestade.

Beck aproximou-se e estava prestes a tirar o galho do caminho quando algo dentro dele o fez parar. Examinou o galho na sua frente.

De repente, ficou congelado. O suor escorria pelo seu rosto e as gotas salgadas faziam seus olhos arder.

Estava de frente para os olhos fixos e gelados de uma serpente.

CAPÍTULO 27

Os gêmeos não tiveram tempo de mover um músculo. Como a espada de um samurai, a lâmina do facão cortou o ar e, com uma batida surda, o aço afiado completou o serviço. Beck se agachou junto à presa, o corpo tenso como o arco de um arqueiro. Em seguida, relaxou e soltou um longo e silencioso suspiro.

— Essa foi por muito pouco — disse em voz baixa, após um assobio de alívio. — Muito obrigado, *señor* Ringo — e soprou um beijo para o alto.

Beck se levantou com esforço e virou para os gêmeos. O corpo de uma cobra gigante pendia, contorcendo-se diante deles, embalada na ponta do facão. Beck passou o dedo pela carne marrom-rosada.

— Que tal uma camuflagem dessas? — levantou as sobrancelhas, aprovando. — Surucucu — disse. — Dá para ver pelas formas em zigue-zague nas costas. Parecem diamantes pretos em volta do corpo dela.

Ele parou e olhou para a criatura morta, admirado.

— A maior serpente venenosa do mundo. Uma das mais mortais, também. Olha só o tamanho desses caninos. E a cabeça triangular. Normalmente, esse é um sinal certo da terra das cobras de que é mortífera.

Ele soltou a surucucu do facão e golpeou-a novamente para separar a cabeça. O corpo caiu no chão e ele pegou-o de novo com a ponta do facão. Enquanto isso, a cabeça ficou no galho, numa poça de sangue vermelho-escuro se escorriam. A boca ficou aberta, num sorriso assustador, os olhos vítreos fixos. O lábio superior ainda tremia e tinha se recolhido, revelando dois enormes caninos parecidos com os incisivos curvos de um tigre de dente de sabre. Um fio grosso de veneno pingava na casca lisa da árvore.

— Hemotoxina — explicou Beck. — Se esse troço entra na nossa corrente sanguínea, nosso sangue vira um pudim preto, e depois nosso corpo todo. Todo o veneno fica nas bolsas debaixo da cabeça dela. Os nervos continuam funcionando mesmo depois de a cabeça ter sido cortada. Provavelmente, ainda poderia morder.

Ele soltou um silvo súbito e deu um bote em Christina, que gritou e pulou para longe.

— Eu te pego por isso, *inglés*! — disse ela, um brilho de aço piscando em seus olhos escuros.

Beck riu e levantou a lâmina orgulhosamente acima da cabeça. O corpo da cobra pendia inerte diante deles, como uma enguia no gancho de um peixeiro.

— Proteína pura — disse ele. — Exatamente do que precisamos. Vamos cozinhá-la hoje de noite. Se não fosse tão mortal, poderíamos levá-la presa para matar depois.

Ficam mais frescas se ainda estiverem vivas. Mesmo assim, temos carne e vegetais para o jantar, e nem chegamos na hora do almoço.

Beck aproximou-se de Christina.

— E, enquanto isso, pode virar um belo cachecol.

Mas desta vez a garota estava preparada. Rápido como um raio, ela agarrou a cauda da cobra e enrolou-a no pescoço de Beck.

— Combina com você, *inglés*. Muito esperto — riu ela, triunfante.

Agora que a tensão diminuíra, começaram a avançar mais rápido. Revezando-se com o facão para ir abrindo o caminho na frente, seguiam em fila única, subindo ainda mais. Aves canoras e beija-flores voavam entre as árvores, manchas de cores brilhantes contra a tela infinita do verde da floresta. Depois de algum tempo, a vegetação rasteira ficou menos densa, e as árvores, muito maiores. Raízes tabulares enormes abriam-se na base dos troncos como as garras abertas de um dinossauro.

— Floresta primária, afinal — disse Beck, apoiando-se na vara e secando o rosto com as costas das mão. — Agora vai ficar mais fácil de caminhar. As árvores nunca foram cortadas, então há séculos que não entra muita luz aqui. Sem luz, o mato rasteiro é mais bem comportado. Mesmo assim, teremos sorte se cobrirmos mais de três quilômetros em linha reta por dia.

— Pena que não dá para andar em linha reta por aqui — disse Christina, ironicamente.

— Se a gente fosse um papagaio... — disse Marco, olhando com inveja para Ringo, que voava tranquilamente pelo ar acima deles.

Haviam chegado a uma crista na beira de um planalto e as árvores foram substituídas por uma moita densa de bambus. Alguns deles eram grossos como a tromba de um elefante, o amarelo sedoso misturava-se com manchas verdes brilhantes. Lá no`alto, curvavam-se para dentro como os arcos de uma catedral gótica, e fachos de luz cortavam as sombras como o sol através dos vitrais coloridos das janelas.

O longo dia começava a cobrar seu preço, e Beck falava com um tom de urgência agora.

— Finalmente — disse. — Justamente o que a gente precisava. Bambu é o melhor material na selva para se construir um abrigo. Mas temos que trabalhar depressa. Logo vai ficar escuro, e aí já vai ser tarde demais. E, se chover esta noite, vamos ficar ensopados.

Sem avisar, Beck enfiou a ponta do facão num caule de bambu perto de sua cabeça. Os gêmeos surpreenderam-se ao ver a água espirrar para fora e beberam avidamente.

— Ninguém precisa passar sede na floresta — disse Beck. — Se não tiver chuva caindo do céu, você pode ter certeza de que a natureza guardou a água em algum outro lugar.

— Aqui parece um bom lugar para acampar — sugeriu Christina depois de saciarem a sede.

— Pode parecer ótimo — disse Beck, girando lentamente e examinando a selva ao redor. — Mas as aparências enganam. — Ele pegou sua vara e começou a limpar as folhas mortas do chão até chegar à terra. — Olha isso!

CAPÍTULO 28

Debaixo de uma massa preta fervilhante, eles mal podiam distinguir a tenra carne verde de algo que parecia um cruzamento de barata com gafanhoto. De vez em quando, um membro se soltava e se contorcia debilmente antes de ser coberto novamente por um mar de perninhas pretas. Colunas de reforços espalhavam-se por todo o chão da floresta, em todas as direções. Os gêmeos se encolheram, enojados.

— Tucandeiras — disse Beck. — Se você levar uma picada delas, vai ver o que é bom. É como ser queimado com um ferro em brasa. Se um ninho inteiro subir em você, a encrenca é grande. Como esse pobre bichinho acabou de descobrir. Formigas não fazem desvios. Se tiver alguma coisa no caminho, simplesmente vão passando por cima. E se estiverem com fome mastigam o que aparecer pela frente. Inclusive a gente.

Beck levou-os para fora da moita de bambu até a beira do platô. Olhou em volta e escolheu um terreno levemente inclinado.

— Aqui é melhor — disse, depois de limpar as folhas com sua vara. — Só há uma regra para se montar um abrigo na selva. E é exatamente o que tio Al diz na hora de comprar uma casa — Beck imitou o sotaque inglês empolado. — *Localização, meu jovem. Localização, localização, localização.*

Os gêmeos deram risada, lembrando-se do excêntrico inglês de chapéu panamá.

— O que será que ele está fazendo agora...? — disse Marco, pensativamente.

Beck fingiu não ouvir. Queria manter todo mundo animado, nada de deixá-los presos às preocupações.

— Estamos bem alto, aqui — prosseguiu. — Por isso, se chover à noite, a água não vai descer pelo morro e alagar nosso acampamento. Essas florestas não são chamadas de tropicais à toa: aqui é a terra da chuva.

Ele levantou os olhos para o emaranhado de folhas e galhos acima.

— E não tem nada lá em cima da árvore para cair e nos matar. Quando maioria das pessoas morre na selva, é porque alguma coisa caiu em suas cabeças. Galhos podres e cocos são as piores. Não é um jeito muito digno de partir.

Ele olhou em volta, estudando atentamente o chão da mata.

— E não tem rastros de animais também. A maioria dos grandes bichos caça à noite e fazem o mesmo caminho. Especialmente se vão até a água. Se por acaso sua cama ficar nesse caminho, eles não vão se preocupar muito em se desviar.

— Parece perfeito, capitão — disse Marco. — Qual o próximo passo?

— Cavaletes para as camas — disse Beck. — A ideia é dormir longe do chão, para evitar a umidade e as coisas rastejantes. É só amarrar umas estacas de bambu em formato de A para as extremidades. Depois, mais duas estacas apoiadas no meio e amarradas à estrutura. Lembra um pouco uma maca. E bingo! Uma cama.

— Mas onde é que a gente deita? — perguntou Christina.

— Podemos fazer uma trama com trepadeiras e folhas de palmeira para pôr em cima da maca e servir de plataforma — explicou Beck. — O mesmo princípio para a cobertura do abrigo. Como uma tela entremeada numa estrutura de bambus. E se você quiser um pouco mais de sofisticação pode cortar alguns bambus pela metade e usar como calhas para desviar a água.

Enquanto Beck cortava os bambus, Marco foi procurar gravetos e lenha para o fogo e Christina limpou a área do acampamento com a vara. Quando Beck voltou, brandia pedaços compridos da casca de uma árvore que tinha encontrado ali perto.

— Fibras de casca — explicou. — Funciona perfeitamente como corda para amarrar tudo.

Ouviram um grito estridente do alto e viram que Ringo ainda estava lá, observando as atividades com interesse.

Quando o acampamento ficou pronto, quase não havia mais luz do dia. As chamas da fogueira lançavam sombras sinistras na floresta ao redor. Marco estava sentado em sua cama de estacas, sorrindo com orgulho.

De repente, xingou baixinho e começou a coçar atrás das calças com força.

— Não coce, Marco. Não assim. Você vai romper a pele, e a ferida vai estar cheia de pus amanhã. Agora fique parado.

Beck tirou um galho da fogueira e assoprou a brasa na ponta. Ajoelhando-se perto de Marco, ele arregaçou a calça do menino e segurou a brasa o mais perto da perna possível sem queimá-lo. Marco fez uma careta quando, um a um, cinco carrapatos se soltaram de sua pele.

— Lição básica da selva — disse Beck. — Cuide da pele. Normalmente, não são os animais grandes que pegam a gente, mas os bichinhos rastejantes. — Ele jogou o galho em brasa de volta na fogueira. — Certo; hora do banquete.

Os gêmeos se deitaram exaustos nas camas enquanto Beck pegava a carcaça da surucucu, que tinha enfiado numa estaca afiada e colocado bem longe do chão.

Segurando a ponta de onde a cabeça fora cortada, começou a tirar a pele da cobra tão casualmente quanto tiraria um agasalho; então, abriu a barriga do animal. Com um barulho nojento, as vísceras escorreram para o chão. Christina desviou os olhos, tentando segurar a ânsia enquanto Beck jogava-as no meio do fogo.

— Não queremos atrair visitantes não convidados — disse, olhando para a escuridão ao redor.

Ficaram em silêncio enquanto a carne assava gradualmente sobre o fogo. Beck tinha prendido o rabo da cobra e enrolou o resto do corpo ao redor da estaca como uma fita em torno de um mastro festivo. Pouco tempo depois, as labaredas ficaram mais altas e o fogo começou a chiar com a gordura da cobra escorrendo lentamente sobre as brasas.

Preguiçosamente, Beck esticou um braço para fora de sua plataforma e virou o espeto para que a carne cozinhasse por igual. Até que a considerou no ponto e cortou-a em alguns bifes, que foram devorados avidamente com a água coletada por Beck mais cedo em canecas improvisadas feitas de pedaços de bambu.

A mágica da carne e do calor da fogueira logo começou a funcionar. Incapazes de manter os olhos abertos, os gêmeos caíram num sono profundo. Por algum tempo, Beck lutou contra o peso nos olhos e, tirando o mapa de Gonzalo preso em torno de seu corpo, estudou-o uma vez mais à luz da fogueira.

CAPÍTULO 29

Beck acordou com o som de uma trovoada; um estrondo gutural, longo como o bramir das ondas quebrando na praia. O trovão foi seguido pelo tamborilar da chuva nas folhas da copa da selva, muito acima. Logo, uma cortina de água escorria por fora da estrutura de folhas de palmeira em cima de sua cabeça. Ele se encolheu quando uma gota gelada caiu bem no seu pescoço e escorreu por suas costas. Beck soltou um gemido. Andar pela selva debaixo do calor e da umidade era uma coisa. Debaixo de chuva... seria um pesadelo.

Ele espiou por baixo da cobertura do abrigo. O vapor subia da fogueira, e o leito de brasas chiava raivosamente sob a tempestade. Num instante, ele se pôs de pé. O fogo era precioso na selva e o temporal o pegou desprevenido. No final do dia, ainda que com as faíscas da pederneira, seria praticamente impossível acender uma fogueira devido à umidade.

Do lado de fora do acampamento, havia uma árvore cuja casca espessa e fibrosa era parecida com a de um coco. Beck a recortou com a ponta do facão na forma de um retângulo e arrancou o pedaço com força. O pacote de fogo era um velho truque que aprendera com os aborígenes durante um período no *outback* australiano. Desde que recebesse ar continuamente, a brasa de uma velha fogueira continuaria queimando por todo o dia. Ele tirou um pedaço de pau em brasa do meio do carvão e o envolveu no envelope de casca de árvore.

Os gêmeos começavam a se mexer.

— Uma hora estou com tanto calor que mal posso respirar e então estou congelando novamente — disse Marco. — Isso é horrível.

Eles esperaram nos abrigos do acampamento até o pior da chuva passar. A mente de Beck estava em disparada. Se conseguissem achar o rio, a Cidade Perdida estaria próxima, e eles finalmente teriam uma chance de salvar o tio Al e o prefeito Rafael. Segundo o mapa de Gonzalo, o vale do rio elevava-se ingrememente até um segundo planalto muito acima deles, na sombra dos picos das montanhas. Ele tinha certeza de que seu objetivo estava lá.

Ignorando a chuva, Beck insistiu para que se pusessem em movimento e seguissem rumo ao seu destino. Um silêncio emburrado caiu sobre os gêmeos enquanto seguiam Beck ao longo da crista da montanha.

Estavam andando havia menos de uma hora quando Marco apontou para uma árvore próxima. Marcas de garras haviam sido entalhadas irregularmente no tronco, e grossas gotas de seiva escorriam pela casca.

— Sorte que ela não nos escolheu para afiar as unhas — disse Beck. — E ainda bem que as panteras descansam de dia e caçam a noite. Com um pouco mais de sorte, a nossa amiga que deixou esses arranhões deve estar tirando a sesta agora. — Ele parou de falar e olhou para as profundezas da mata ao redor. — As panteras ficam em áreas onde podem beber. Esses rastros devem levar direto para o rio.

Poucos metros adiante, o caminho seguido pela pantera estava nítido, serpenteando em meio ao mato rasteiro.

Christina olhou para Beck, apavorada. O rapaz sorriu.

— As panteras vão atrás de presas mais fracas, e você, Christina, é forte.

À medida que seguiam os rastros se aprofundando para o interior da floresta, o coração de Beck batia mais forte. Decidira não contar para os gêmeos que a pantera era uma ameaça mortal. Tribos sanguinárias, como os astecas e os maias, adoravam o animal como um deus. As mandíbulas de uma pantera eram capazes de esmagar o casco de uma tartaruga com uma mordida. Também eram caçadoras ferozes. Nas sombras da mata, suas pintas características eram quase invisíveis. Até ser tarde demais. Brincar de emboscada com os colegas da escola podia ser divertido. Mas, com uma pantera, a história era outra.

Já seguiam os rastros havia quase uma hora quando Beck pôs o dedo nos lábios. Os gêmeos ficaram pregados ao chão, o branco dos olhos se destacando na penumbra. Os ruídos da mata haviam se tornado familiares e eles já eram capazes de reconhecer o canto individual de alguns pássaros em meio aos gritos de Ringo. Mas, agora, havia um som diferente. Um ronco surdo como o de um contrabaixo bem no fundo de uma orquestra.

Minutos depois, estavam diante das margens de um grande rio, cujas águas corriam rapidamente. A chuva havia parado completamente e raios brilhantes de sol atravessavam as árvores. Christina soltou um suspiro de surpresa. Enormes borboletas de asas pintadas de azul voejavam sobre a superfície manchada da água, e um pássaro, com penas de um amarelo vivo e um comprido bico curvo, bebia água na beira do rio.

Mas Beck não estava olhando para o rio. Estava imóvel como uma estátua, olhando para o chão. Uma pegada profunda era claramente visível na terra fofa. Quatro almofadas circulares num semicírculo em torno de uma quinta maior.

— A poderosa pantera. A rainha da selva — murmurou em reverência. — Aqui deve ser o lugar exato onde ela bebeu água essa noite. Mas, vejam, os rastros desaparecem na água.

CAPÍTULO 30

Christina olhou incrédula para as águas turbulentas do rio.

— Quer dizer que os rastros mostram que ela atravessou aqui? Com certeza seria arrastada para longe.

— Panteras não são gatinhos comuns, Chrissy — respondeu Beck. — Elas *gostam* da água. Papai me disse uma vez que viu uma nadando rio acima, arrastando um cervo com a boca.

— Mas olha, Beck, as pegadas aparecem de novo mais lá para cima — mostrou Marco, apontando para a margem.

Beck ficou em silêncio por um momento, tentando entender o que aquilo significava. De repente, encontrou uma explicação.

— Quando a pantera esteve aqui ontem de noite, o nível da água estava mais baixo. Ela deve ter andado pela margem. Mas a água subiu desde então e cobriu suas pegadas. Agora, o nível está subindo ainda mais rápido por causa daquela chuva toda.

Ele se ajoelhou para examinar o mapa mais de perto, dentro do envelope à prova d'água.

— De acordo com Gonzalo, a Cidade Perdida fica do outro lado do rio. Se a gente não atravessar agora, talvez não tenhamos nenhuma outra chance. Mais lá para o alto das montanhas, o fluxo vai parecer um tsunami.

Uma espuma branca reveladora já era visível num ponto no meio do rio, onde as águas rumorejavam por cima de algumas pedras.

— Você só pode estar brincando, Beck — disse Marco. — A gente não tem a menor chance contra uma correnteza dessas.

Mas o rapaz já estava resoluto.

— Pequeno ajudante de Tarzan ao resgate — murmurou enquanto cortava a raiz de um cipó que circundava o tronco colossal de uma árvore próxima. Depois de soltá-lo, ele enrolou o cipó no ombro como uma corda de escalada. Então, ajoelhou-se ao lado dos gêmeos, como se fosse um comandante dando instruções para a tropa antes de um ataque.

— Vamos usar o cipó para nos ancorar — disse. — Eu me amarro nele e atravesso primeiro. Marco e Chrissy, vocês seguram a corda aqui na margem, mas ficam uns três metros longe um do outro. Assim, tenho duas âncoras caso escorregue ou caia. Depois que eu chegar do outro lado, a Chrissy se amarra e a gente a segura das duas margens. Então, quando Marco for atravessar, nós dois vamos estar do outro lado. Desta forma, todo mundo fica duplamente ancorado o tempo todo.

Beck amarrou o cipó na cintura e penetrou vagarosamente a torrente. Quando a água começou a subir em torno de suas pernas, os gêmeos firmaram-se na margem, prontos para aguentar o tranco caso ele escorregasse.

— Fiquem de frente para a correnteza e inclinados para a frente, apoiados em suas varas, contra a correnteza — gritou Beck. — Desse jeito, suas pernas e a vara funcionam como um tripé. Fica muito mais estável.

Quando ele chegou do outro lado, os gêmeos mal podiam ouvir sua voz por cima do ronco da água.

— Ele está pronto para você, mana — disse Marco, quando Beck estava em segurança em terra firme e o sinalizou com o polegar para cima.

Christina entrou na água agitada. Quase que imediatamente, suas pernas começaram a parecer geleia, e, com a força da água aumentando, ela lutou para se manter equilibrada sobre o fundo irregular do leito do rio.

— É muito forte — gritou ela de volta para Marco, por cima do rugido da água. — Quase não consigo me mexer.

Marco insistiu para que a irmã se afastasse da margem, gritando palavras de encorajamento a cada passo lento que ela conseguia dar. Beck olhava nervosamente, o cipó enrolado no corpo, as mãos firmemente agarradas nele e os pés enterrados na margem, pronto para resistir caso Christina fosse carregada.

Ela logo enfrentava a força total do rio. Depois de quase perder o equilíbrio em seu meio, onde a corrente estava a toda força, Christina finalmente sentiu a água ficando mais rasa à medida que se aproximava da outra margem.

Sentindo-se segura, ela deu um grande passo à frente, apoiando todo o peso sobre uma pedra plana. Foi-se imediatamente. O pé escorregou sob seu peso na superfície lisa e a corrente começou a arrastá-la para baixo no mesmo instante, a água espumante cobrindo seu rosto.

Mas Beck e Marco estavam prontos para ela. Afundando os pés na terra, eles aguentaram todo seu peso quando o cipó fechou-se em torno de seu corpo. Beck percebeu o perigo imediatamente. A água subia em ondas sobre o rosto da menina, e sua cabeça estava sendo puxada para baixo. Ele começou a correr rio abaixo, gritando para Marco fazer a mesma coisa. A tensão logo diminuiu e a cabeça de Christina apareceu de novo na superfície conforme ela lutava para recuperar o equilíbrio, tossindo, engasgada com a água.

Percebendo sua chance, Beck puxou o cipó com toda a força enquanto Marco soltava um pouco mais por entre os dedos e Christina era arrastada em direção à margem.

CAPÍTULO 31

— Essa passou um pouco perto demais — disse Beck mais tarde, quando os três estavam sentados, secando-se diante das labaredas de uma fogueira crepitante. Beck vinha carregando o pedaço de carvão na bolsa dos kogis e abanara a brasa habilmente para que voltasse à vida. Até mesmo ele estava impressionado pelo fato de a brasa ter se mantido acesa dentro do envelope de casca de árvores durante a difícil travessia do rio.

Quando o fogo pegou de vez, Beck tirou as espigas de milho de dentro da bolsa e as colocou para assar sobre as chamas. Pouco depois, estavam mastigando vorazmente, enquanto o caldo escorria por seus queixos. Beck, no entanto, estava preocupado. Os três estavam molhados e exaustos. Tinham uma longa e íngreme subida pela frente, por onde a floresta subia montanha acima. Mas em algum lugar lá em cima, com certeza a apenas um dia de caminhada, estava o objetivo que eles vinham lutando tão arduamente para alcançar.

Ele deixou os gêmeos descansarem o máximo possível. Finalmente, levantou-se e apagou o foco com os pés, sem se esquecer de pegar outra brasa para guardar dentro da casca de árvore. Mesmo que se apagasse, seria bem mais inflamável do que a madeira verde da floresta.

— Um último esforço, pessoal. Marco e Chrissy, já chegamos muito longe. Não podemos desistir agora. Lembrem-se: não é por nós, é por eles. Seu pai e o tio Al dependem de nós.

Lá no alto das árvores, Ringo apareceu subitamente e gritou em aprovação. Os gêmeos se levantaram lentamente e trocaram um olhar sombrio de determinação entre si.

Seguindo a margem do rio, que descia por uma garganta ao lado deles, eles avançaram devagar e dolorosamente para o alto, subindo em zigue-zague pela encosta para aliviar o esforço das pernas. Em alguns lugares, subiam quase na vertical por trechos cobertos por raízes retorcidas das árvores e viam-se obrigados a desviar para o interior da mata.

Por fim, a garganta do rio começou a se estreitar, e uma série de cachoeiras passava a descer pela ravina como as camadas de um bolo de casamento. A temperatura começou a cair sensivelmente ao longo do dia, à medida que subiam cada vez mais.

— Parece que está nivelando agora, e a floresta não está mais tão fechada — comentou Marco, quando pararam para descansar ao fim da tarde.

Depois de verificar que não tinha nenhuma cobra, eles limparam uma área no solo da floresta. Beck abriu o mapa diante deles.

— Segundo Gonzalo, o caminho cerimonial para a Cidade Perdida desce pela beira do planalto, não muito longe do rio. Tem que ser perto de onde estamos agora.

Ele apontou para um ponto onde uma linha serpenteava através do pergaminho. Ao lado, estava escrito *Via Indígena*, em garranchos desbotados.

Beck gritava instruções enquanto, espalhando-se, eles caminhavam lentamente em linha para a frente, raspando o chão com suas varas.

—Tem que estar aqui em algum lugar — murmurou Marco, com um toque de desespero na voz, quando, depois de uma hora de busca, eles ainda não tinham encontrado nada.

— Beck! Marco! — Christina estava chutando alguma coisa junto aos pés e limpando furiosamente o musgo do chão. Os meninos chegaram ao lado dela num pulo. O contorno de uma bloco de pedra esculpido estava claramente visível. Ao lado, havia outro bloco de tamanho e formato idêntico. Próximo dali, ainda mais, empurrados para fora do solo pelas raízes contorcidas de uma velha árvore.

Marco logo começou a procurar para a frente e para trás pelo chão da floresta.

— O caminho dos kogis. Este deve ser o caminho dos kogis! — A energia e a determinação estavam de volta em sua voz. Não havia dúvida agora: eles estavam sobre os restos confusos de uma antiga estrada pavimentada.

Beck foi na frente, devagar. Era possível ouvir o rugido da garganta a distância, e água pingava continuamente das folhas, úmidas pela névoa que subia do rio e envolvia toda a floresta ao redor.

Beck pensava intensamente. Ainda não fazia sentido. O mapa de Gonzalo mostrava um caminho paralelo à garganta, não através dela. Era por isso que eles tinham arriscado tudo para cruzar mais abaixo. Então ele se lembrou da história que Kojek lhe contara. Depois que Gonzalo encontrou sua cidade sagrada, os kogis a tinham abandonado e refeito os caminhos pela floresta para confundir os conquistadores caso eles voltassem. Isso significava que o caminho marcado no mapa de Gonzalo estava errado? Então, seria *esse* o caminho que os conduziria à Cidade Perdida? Se assim fosse, estava seguindo de volta para o desfiladeiro.

Com um peso no estômago, Beck seguiu na frente, ouvindo o ronco do rio ficar mais forte. Depois de algum tempo, mal era possível escutar as vozes uns dos outros acima do ruído. O coração de Beck estava disparado. Sua missão de encontrar o tio Al e o prefeito Rafael estava desmoronando diante deles. Haviam caído na mesma armadilha que Gonzalo e agora não haveria como avançar. Cruzar o rio a essa altura nas montanhas seria impossível, com toda a certeza.

À medida que o caminho se aproximava da beira, Beck só conseguia distinguir a encosta rochosa do outro lado do penhasco. Onde os restos do caminho encontravam a rocha, uma série de cipós grossos pendia dos galhos das árvores até uma ponte suspensa sobre a garganta. Ela pendia assustadoramente por sobre o abismo. Aproximando-se cuidadosamente, eles olharam para baixo. Bem mais para o fundo, a cachoeira despejava-se sobre as pedras, lançando jatos de água para o ar.

— O povo de Kojek deve ter construído isso — gritou Beck acima do ronco das águas — Mas não deve ser usada há anos.

Ele foi interrompido por um grito estridente e guinchos horrendos vindo das árvores acima deles. Christina fez uma careta e cobriu os ouvidos com as mãos. O grito se repetiu, e os galhos começaram a se agitar violentamente, até que dezenas de olhos subitamente olhavam lá de cima para eles.

— É um bando de bugios — gritou Beck. — É melhor a gente atravessar o rio assim que possível. Eles podem ser perigosos se começarem a sacudir os galhos em cima da gente. São capazes de usar o rabo como um terceiro braço. E os outros dois podem nocautear o campeão mundial dos pesos-pesados. No primeiro roubo.

Ele se virou e olhou para dentro do penhasco.

— Não há a menor chance de aquela ponte ser forte o bastante para aguentar nós três ao mesmo tempo. Teremos que atravessar um de cada vez.

Marco olhou para cima, deparando-se com uma enorme boca aberta e um par de narinas arreganhadas sobre ele, e um outro grito de rachar os ouvidos subiu acima do ronco do rio. A criatura era coberta por um tapete de pelos vermelhos como fogo e se agachava ameaçadoramente nos ramos acima.

A luz começava a diminuir; não havia tempo a perder.

— No momento em que eu chegar em segurança do outro lado, vocês vêm atrás — gritou Beck para os gêmeos. — Mas só comecem quando eu já tiver saído da ponte.

Ele começou a seguir pela beira do abismo. A ponte era escorregadia e traiçoeira; ele agarrava os cipós de cada lado com força enquanto avançava lentamente. Através da rede de cipós abaixo dele, dava para ver a água trovejando sobre as pedras lá no fundo.

Quando chegou ao ponto mais baixo da ponte e começou a subir de novo em direção à face de pedra do outro lado, a ponte começou a balançar ameaçadoramente. Mas a beira do despenhadeiro já estava quase ao alcance.

Então, inesperadamente, o maior dos bugios balançou-se pelo rabo do alto das árvores sob as quais os gêmeos estavam agachados. Por um momento, ele pareceu estar pendurado no ar acima da garganta até esticar um braço magro e agarrar a lateral da ponte atrás de Beck.

Oscilando os cipós, ele começou a pular para cima e para baixo, freneticamente, gritando e roncando. Foi seguido por outro macaco e por mais outro, até que todo o bando se balançava na ponte. Beck agarrou-se desesperadamente nas laterais para não ser catapultado para o fundo do abismo pela ponte que sacudia sob seus pés. Atrás dele, ouvia os gêmeos gritando em vão para os bugios.

Mas já era tarde demais.

A ponte se desfazia sob Beck.

CAPÍTULO 32

Beck mergulhava no abismo. Adrenalina disparava em suas veias conforme as paredes borradas do desfiladeiro corriam ao seu lado e ele era arremessado em direção às rochas abaixo. Então, com a ponte despencando sob si, fez uma última e desesperada tentativa.

O tranco arrancou todo o ar de seus pulmões. Conseguira enganchar o braço no último degrau da ponte, que ainda estava amarrada na beirada do penhasco, e seu corpo estremeceu com a parada súbita. Agora, tudo o que o separava da morte certa nas rochas abaixo era apenas um pedaço fino de cipó.

Beck agarrou-se à sua preciosa vida. Os macacos bugios escalavam os restos da ponte acima dele, guinchando e gritando enquanto subiam ao alto do precipício. Beck debateu-se desesperadamente para encontrar um ponto de apoio na parede do desfiladeiro, enquanto os restos da ponte balançavam para a frente e para trás sobre o abismo, e a água trovejava em jatos ao seu redor.

Mas sua cabeça começava a clarear. Em algum lugar, lá no fundo, ouviu a voz de seu pai chamando-o na distância. A mesma voz calma que lhe dera coragem quando, ainda um menino, ele aprendera a escalar. Fechou os olhos enquanto sua mente silenciava o trovejar da água batendo nas rochas lá embaixo.

— Para você, papai — murmurou Beck. — Por você, eu juro que vou sobreviver.

Lentamente, começou a exaustiva tarefa de içar-se, uma mão de cada vez. Todos os demais pensamentos haviam desaparecido. Sobreviver era tudo o que importava. O próximo cipó, o próximo punho, passo doloroso após passo doloroso, arrastando-se para cima. Por fim, a borda do penhasco foi se aproximando e a vegetação sobre ela estava quase ao alcance. Esvaía-se a última gota de força restante de seu corpo exausto. Os gritos dos bugios acima dele haviam se transformado num barulho feérico. Como eram insignificantes os esforços desse macaco pelado, agarrando-se tão desesperadamente à vida, zombavam eles.

Até que, com um derradeiro esforço sobre-humano, Beck arrastou-se por cima da beirada do penhasco e chegou ao topo. Com os pulmões ofegando, rastejou para a segurança da vegetação rasteira. O rugido da água ficou abafado e seu coração batia como um trem descontrolado. Do outro lado do desfiladeiro, através da névoa esvoaçante, viu as figuras agachadas dos gêmeos. Marco gritava por cima do barulho da água.

— Você vai ter que ir sozinho, Beck. Vamos te esperar aqui.

Beck sorriu para eles. Então, como se outra pessoa o guiasse, ele sentiu sua mão subir até o peito. Com as mãos trêmulas, puxou o amuleto da rã de debaixo da camisa e levantou-o para os últimos raios de sol que atravessavam a névoa. O reflexo nos olhos atravessou o desfiladeiro e brilhou para os gêmeos.

Não havia outra opção a não ser seguir em frente. Tudo dependia apenas dele agora. De algum jeito, chegaria à Cidade Perdida e encontraria tio Al e o prefeito Rafael. E, de algum jeito, enganaria os sequestradores e os libertaria. Se conseguisse sobreviver a isso, sobreviveria a qualquer outra coisa. Marco e Christina teriam que usar todo o conhecimento que eles lhes havia transmitido e esperar pelo resgate. De algum jeito, Beck retornaria para eles assim que pudesse.

Enfiou o amuleto debaixo da camisa novamente e olhou rapidamente, uma última vez, para o outro lado do desfiladeiro. Os gêmeos acenavam para ele. Marco tinha um imenso sorriso no rosto e sacudia os dois punhos fechados acima da cabeça, como se estimulasse um maratonista esgotado cruzando a linha de chegada. Christina levou os dedos aos lábios e soprou-lhe um beijo através do desfiladeiro.

Depois de um último olhar para trás, Beck arrastou-se para longe da borda do penhasco. Reunindo toda a sua força de vontade, abriu uma trilha pelo meio do mato fechado. Estava feliz por ter o facão, embora se preocupasse com a segurança dos gêmeos sem ele. Ainda era possível distinguir o caminho dos kogis afastando-se da ponte em direção à selva. Nas árvores acima dele, os gritos dos macacos bugios ficavam cada vez mais altos, à medida que o barulho da cachoeira ficava para trás. A essa altura, a última luz do dia começava a desaparecer e a noite tropical caía uma vez mais.

CAPÍTULO 33

A mente de Beck começou a divagar enquanto ele seguia em frente, arrastando o corpo exausto. Poucas semanas antes, fora o capitão de seu vitorioso time de rúgbi, ansioso pela viagem exótica com tio Al. Quando estivesse de volta em casa, a primavera estaria no ar, e seus amigos, treinando para a temporada de críquete. O pensamento fazia seu coração vibrar. Já sentia o aroma do óleo de linhaça e ouvia o som dos tacos de críquete nos degraus do pavilhão enquanto ele se dirigia para rebater. A multidão gritava seu nome e...

O devaneio foi subitamente interrompido. A voz rabugenta do sargento durante o seu treinamento nas Terras Altas da Escócia latejava dentro de sua cabeça. *"Qualquer idiota pode ficar desconfortável, Granger"*, gritava ele, *"É a coisa mais fácil do mundo. Fique caído dentro de uma vala sentindo pena de si mesmo. Esqueça seu abrigo. Sem água, sem fogo, sem comida. É só fechar os olhos. E você nunca mais se levanta..."*

Subitamente, Beck estava totalmente desperto. A voz do sargento dissolvera-se em meio aos gritos dos bugios nas árvores. Seus uivos estavam ficando cada vez mais ameaçadores e eles arreganhavam os dentes, como se o culpassem por tê-los feito encalhar do lado errado do desfiladeiro.

Mas a cabeça de Beck começava a clarear novamente. Ele conhecia muito bem os truques que a mente podia pregar nos estágios finais da exaustão. Se ele se permitisse dormir agora, logo seria coberto pela manta quente da morte. Não, era preciso continuar.

Beck gemeu. Lá no fundo, sabia que, a não ser que conseguisse sacudir o estupor agora, ele seria sua perdição. Não tinha escolha a não ser acampar exatamente onde estava. Precisava se aquecer rapidamente se quisesse sobreviver à noite. Sentiu o formato familiar da pederneira pendurada no pescoço e se pôs imediatamente a trabalhar.

A noite já tinha caído quando o fogo pegou de verdade. Assustados pelas chamas, os bugios haviam desaparecido, e os gritos familiares da mata estavam de volta. Pela primeira vez desde a queda da ponte, Beck tinha parado de tremer. À luz do fogo, ele cortou outra vara com o facão e rapidamente limpou a sujeira do chão. Com as suas forças derradeiras, montou uma plataforma simples para dormir, usando galhos desfolhados para se manter longe dos ferrões e mordidas das criaturas que se arrastavam pelo chão. Dificilmente era o tipo de conforto que o sargento tinha em mente, mas teria que servir.

Com as chamas diminuindo, Beck finalmente se permitiu mergulhar no sono. Teve sonhos perturbadores imediatamente. Tio Al apareceu cavalgando uma rã de ouro cujo coaxar parecia a gritaria horrível dos bugios. Estavam sendo perseguidos pela forma delgada e escura de um grande felino que se esquivava pelas sombras, os olhos brilhando como diamantes. Beck sentiu o olhar atravessá-lo, mas, quando levantou o rosto para encará-lo, estava mais uma vez de volta à praça em Cartagena. A face de Mama Kojek pendia sobre ele.

Ele despertou com um pulo. Havia uma comoção acima de sua cabeça e o som de gravetos caindo no chão ao seu lado. Na penumbra líquida da manhã, seus atormentadores estavam de volta, e ele viu a cara dos bugios o encarando do alto das árvores. Beck xingou. Gritando e guinchando também, jogou tudo o que conseguiu encontrar contra eles. Em poucos minutos, estava exausto.

Mas, na luz fria da manhã, a mente de Beck tinha clareado. Durante a noite, acordara diversas vezes, ouvindo o rosnado da pantera rondando pela floresta em algum lugar próximo. A cada vez, o rugido que fazia o coração gelar vinha de uma direção diferente. E, a cada vez, parecia vir de mais perto. Agora, ele estava deitado e imóvel. Sua mente trabalhava veloz. Não era o momento de cometer erros e tomar decisões erradas. Se os bugios continuassem a segui-lo por mais tempo, certamente chamariam a atenção da pantera.

Havia uma única chance. Fingir-se de morto não era uma estratégia de sobrevivência que Beck normalmente adotaria. Especialmente com um grupo de jovens bugios inconvenientes. Uma vez, na savana africana, caíra do cavalo quando seu grupo perturbou o sono de um leão no meio do mato rasteiro. Fingir-se de morto naquele dia salvara sua vida. Quando ele sentiu o bafo quente do leão no pescoço, seu coração quase parou de bater. Mas, por fim, o animal afastou-se.

Beck fez o mesmo desta vez, na esperança desesperada de que a pantera tivesse se banqueteado durante a noite e agora dormisse profundamente enquanto fazia a digestão. Ficou deitado, imóvel, enquanto os macacos guinchavam e gritavam sobre ele. Com certeza, acabariam se cansando e deixariam esse macaco pelado em paz. Durante a noite, Beck agarrara o amuleto de Gonzalo, os olhos do índio ardendo no interior de sua mente.

Por fim, quando Beck estava quase desistindo da ideia de que os macacos fossem deixá-lo algum dia, os uivos começaram a diminuir. Os galhos em cima de sua cabeça haviam parado de se agitar, e a chuva de projéteis se transformara num chuvisco. Com seus gritos perdendo-se lentamente na distância, Beck soltou um longo e silencioso suspiro de alívio.

Só que, agora, sentia-se exaurido, com toda a energia drenada. Fez força só para ficar de pé. Estava desidratado, com frio, privado de sono e com a lucidez no limite.

Então, quase sem perceber o que estava fazendo, sentiu os dedos buscando o amuleto sob a camisa. E pela primeira vez desde o sonho, levou a rã até os lábios.

E soprou.

CAPÍTULO 34

Quando Beck voltou a si, achou que já era quase meio-dia. Levantou-se e começou a caminhar, retomando a estrada dos kogis pela floresta. Não havia sinal dos bugios, e a vegetação rasteira estava ficando menos densa. As árvores em torno eram maiores e, à medida que o dia avançava, Beck via pequenos rasgos de azul entre as nuvens lá no alto. Era cada vez mais fácil visualizar as pedras esculpidas da estrada sob o líquen e o musgo.

O instinto de sobrevivência de Beck, a essa altura, funcionava no piloto automático. Ia balançando a vara de um lado para outro a sua frente, como um zumbi com um detector de metal. Enquanto a estrada dos kogis estivesse sob seus pés, sabia que cedo ou tarde encontraria a Cidade Perdida. Mas sua mente começava a divagar novamente.

Seus pensamentos voltaram-se para os gêmeos. Onde estariam eles agora? Teriam conseguido montar um acampamento? Ele sabia que Marco ainda tinha as brasas na bolsa de fogo. Com alguma sorte, teriam conseguido acender uma fogueira para se manterem aquecidos durante a noite. Pensou em Christina e na expressão do olhar dela quando tinha mandado aquele beijo por cima do rio. Ele se perguntou se, quem sabe...

De repente, parou. A vara tinha batido em algo duro no chão da floresta. Imediatamente todos os pensamentos sobre os gêmeos desapareceram. O caminho subitamente parecia ter chegado a uma parede de tijolos. Ficou preso ao chão por um momento, incapaz de acreditar no que seus sentidos lhe diziam. Então se lembrou: as palavras e os números que não faziam sentido algum no dia em que encontrou o mapa de Gonzalo no rancho. Beck abriu o mapa na sua frente. Ao lado do desenho de uma rã estavam as palavras *Escalera de mil escalones*. Uma escadaria de mil degraus.

Beck olhou lentamente para cima. À sua frente, sumindo na distância, estava uma escadaria de pedra que parecia subir pelo lado de uma montanha enorme até as nuvens. Estava coberta por um tapete verde — em alguns pontos, as raízes das árvores cobriam os degraus como dedos nodosos.

Beck respirou fundo e começou a subir.

1, 2, 3...

Sentiu-se como se subisse a escadaria de uma grande catedral. Sob a luz sombria da floresta, a atmosfera era esmagadora. Cipós enormes, os maiores que Beck já vira, pendiam ao seu redor. Lá no alto, os galhos das árvores gigantescas formavam arcos por cima da escadaria cerimonial como espadas de uma guarda de honra.

148, 149, 150...

Enquanto subia cada vez mais alto, Beck procurava ver através da névoa, olhando para cada lado da escadaria, e pôde ver as ruínas de antigos terraços e lareiras de pedra onde um dia estiveram as casas dos antigos kogis.

373, 374, 375...

Parando para descansar um pouco, Beck limpava o suor da testa quando repentinamente o sol irrompeu através das árvores lá no alto e a sombra de um felino enorme ergueu-se sobre ele. Encolhido, esperou que as garras gigantescas rasgassem sua carne. Mas estavam imóveis no meio do ar, a sombra gravada nos degraus na frente dele. Lentamente, Beck levantou a cabeça. Coberta pela vegetação, a pantera era uma escultura feita em pedra maciça.

Com o corpo recuperando-se do choque, Beck pôde distinguir outras estátuas no meio da mata ao seu redor. As asas de um condor gigante. Os caninos de uma cobra. O rabo de um macaco. A cidade parecia congelada no tempo, como se algum demônio das montanhas houvesse transformado todas as criaturas da selva em pedra.

488, 489, 500...

Beck parou. E escutou. Estava a meio caminho do topo agora, e vozes desconfiadas acumulavam-se dentro de sua cabeça como as sombras escuras da própria selva. Agora que já chegara tão longe, teriam todos os seus esforços sido em vão? O que ele faria se ficasse cara a cara com os sequestradores? Como iria resgatar tio Al e o prefeito Rafael? Colocou a mão direita sobre seu corpo e sentiu o cabo do facão. A partir de agora, precisaria ser tão silencioso quanto uma sepultura.

748, 749, 750...

Beck subia lentamente agora, agachado entre as estátuas nas sombras junto da escada. Seus olhos moviam-se nervosamente, de um lado para outro, sondando a selva. Lá no alto, via os contornos em curva de muros de pedra cobertos pela vegetação. Séculos atrás, os antigos artesãos kogis deviam ter construído essas plataformas cerimoniais. Mas, desde que a cidade fora abandonada, árvores enormes sufocaram-na, com suas raízes, como tentáculos de uma lula gigante.

973, 974, 975...

Os degraus começavam a ficar mais estreitos, e o chão, mais nivelado. Beck espiou por uma passagem estreita entre dois enormes muros. Mais à frente, um arco de pedra unia duas plataformas cerimoniais, uma de cada lado da escadaria. A folhagem caía em cascatas emaranhadas do alto das pedras arruinadas do arco, como uma cortina.

988, 989, 990...

Um grito súbito fez Beck dar um pulo. Um borrão de penas coloridas voou dos galhos que pendiam de uma árvore. Era Ringo. O papagaio logo estava batendo as asas e grasnando para Beck com todo o estardalhaço de que era capaz, lá de cima do arco.

Beck ficou imóvel. Sentiu a nuca gelada e arrepios percorrendo a espinha. Ouviu então os passos de uma bota contra a pedra e o leve estalar de um graveto. O ruído foi seguido por outra gritaria de Ringo. Beck fechou o punho com mais força no cabo de seu facão e continuou a avançar em direção ao arco.

997, 998, 999...

Parou novamente e escutou. Sentia o coração bater dentro do peito e o sangue latejar nas têmporas. Ele colocou o pé no último degrau da escada. Lentamente, levantou o facão em direção à cortina de cipós que pendia do arco e afastou-a cuidadosamente com a ponta da lâmina.

Ali, debaixo do arco, numa cadeira de pedra como o trono de um rei medieval, estava sentada uma figura encapuzada envolta pelas sombras. Dois olhos brilhantes fixaram Beck. Seu coração disparou. Estaria finalmente seguro? Teria Kojek ouvido o chamado do amuleto e os seguira por todo o caminho?

1.000...

Quando Beck avançou por debaixo do arco para saudar Kojek, dois homens fortes saltaram das sombras ao lado dele e o agarraram, torcendo-lhe os braços nas costas.

A figura no trono de pedra levantou-se lentamente.

E então falou.

— *Buenos días, amigo* — rosnou Ramirez.

Beck sentiu as pernas dobrando-se e despencou.

CAPÍTULO 35

Beck sentia a cabeça latejar, atravessada por luzes brilhantes como raios laser. Tinha a mente borrada e esforçava-se para lembrar onde estava.

Sentiu que estava deitado sobre a pedra dura e os membros doloridos. Quando tentava se mexer, as luzes ficavam mais brilhantes e sua cabeça latejava com mais força. Tentou levantar o braço para esfregar a cabeça dolorida, mas sentiu o aço agudo de algemas apertando seus pulsos.

Sentando-se com muito esforço, soltou um longo gemido agonizante. A venda estava amarrada com muita força sobre os olhos e pressionava cruelmente suas têmporas. O barulho de água pingando ecoou em seus ouvidos, e havia um cheiro de umidade no ar. Por fim, a cabeça começou a latejar um pouco menos, e sua mente pôde se concentrar em outros ruídos mais próximos. O subir e descer regular de uma respiração. Ele não estava sozinho.

— Beck, Beck, é você?

A voz era inconfundível.

— Tio Al?

— Beck, Beck, meu menino. O que você está fazendo aqui? — A voz de tio Al tremia de emoção. Beck sentiu os olhos encherem-se de lágrimas. Tentou falar, mas tio Al e o prefeito Rafael falavam ao mesmo tempo. Ele foi inundado por uma enxurrada de perguntas. Ele estava bem? Os gêmeos estavam com ele? Como foi que os encontrara? Havia um grupo de resgate a caminho?

Entre espasmos de alívio e desespero, Beck tentou explicar tudo o melhor possível. O prefeito Rafael suspirou espantado ao ouvir a história do mapa de Gonzalo e da rã de ouro. Beck então explicou como escaparam por baixo do nariz dos homens de Ramirez e narrou a viagem pelo litoral a bordo da *Bella Señora* e o naufrágio perto da aldeia dos kogi.

Finalmente os dois homens se calaram e Beck contou a história de Kojek e a verdade sobre o amuleto de ouro de Gonzalo. O prefeito Rafael soltou um grito abafado quando Beck contou que os gêmeos haviam ficado presos do outro lado do rio quando a ponte despencou. Um silêncio súbito tomou conta deles novamente quando Beck contou-lhes sobre o desastroso encontro final com Ramirez.

Por fim, o prefeito Rafael falou.

— Ramirez vinha planejando isso há anos. Estava sempre me perguntando sobre Gonzalo. Quando viu que eu estava organizando uma expedição para a Cidade Perdida, percebeu que era a hora de agir, pois não teria outra chance.

— Como vocês conseguiram achar a cidade sem o mapa de Gonzalo? — perguntou Beck.

— Há anos que eu sabia da existência do mapa — disse o prefeito. — Algumas semanas atrás, eu finalmente descobri o esconderijo, mas era muito perigoso deixar qualquer pessoa saber disso. Mas, quando ouvi que o professor Granger estava no país, vi que era a hora certa para montar uma expedição. Se pudéssemos descobrir a Cidade Perdida, os saqueadores perderiam a vez. Mas não percebi as intenções de Ramirez. Esse foi meu grande erro.

— Então o senhor contou para ele como encontrar a cidade? — perguntou Beck.

— Eu não contei sobre o mapa. Mas eu já tinha contratado os carregadores e uma equipe para a expedição. Uma dessas pessoas estava a serviço de Ramirez e ele deduziu que eu tinha uma boa ideia sobre a localização da cidade, mesmo que não sobre como eu a tinha descoberto. Tudo o que era preciso então era encenar o sequestro para fingir que ele não tinha nada a ver com isso. Depois daquela noite horrível na praça, fomos mantidos na cela de uma prisão por Ramirez até eu concordar em ajudá-lo a encontrar a cidade.

Beck ouviu uma tosse abafada, como se o prefeito estivesse segurando as lágrimas.

— Temi o que ele poderia fazer com Maria e os gêmeos. Não tive escolha.

— Então, como vocês encontraram a cidade? – perguntou Beck. — E como chegaram aqui?

— Ninguém acreditava que fosse possível chegar pelo mar — continuou o prefeito Rafael. — As montanhas são muito escarpadas e a selva, muito fechada. Foi um milagre vocês terem conseguido sobreviver. Eu acreditava que a única maneira seria pelo outro lado da montanha. Os homens de Ramirez têm uma base de helicóptero lá. Oficialmente, é para caçar os barões do tráfico e destruir suas plantações. Portanto, depois que Ramirez me forçou a dar a informação, foi fácil. A polícia tem câmeras de infravermelho e eles ficaram dias esquadrinhando a selva. Finalmente encontraram o local, e nós fomos trazidos para cá de helicóptero.

Um silêncio pesado se fez, quebrado apenas pelo gotejar triste da água pingando do teto da prisão. Tio Al voltou a falar, então:

— Beck, estamos em grande perigo. Quando Ramirez encontrar o ouro, ele pretende nos matar. Sequestros acontecem todos os dias na Colômbia. As pessoas desaparecem por meses, às vezes anos. Ramirez vai manter sua cortina de fumaça. Se nossos corpos forem recuperados, ele simplesmente vai culpar os barões do tráfico.

Beck lutava contra o desespero. Eles haviam sobrevivido contra todas as possibilidades e agora acabaram daquele jeito. Ele murmurava para que não perdessem a esperança, pelo bem dos gêmeos, e que encontrariam um jeito de...

Então uma dor de cabeça lancinante tomou conta dele subitamente e tudo ficou escuro.

Na escuridão, ele perdeu toda a noção do tempo. Os pesadelos retornaram. Ele estava de volta à aldeia incendiada dos kogis: mulheres gritavam e crianças corriam desabaladas ao seu redor, tentando escapar das espadas implacáveis dos conquistadores de Gonzalo. Olhava novamente dentro dos olhos da rã de ouro... Que haviam se transformando nos olhos reptilianos de Ramirez... Que então se transformaram nos olhos de Kojek... Que se transformavam em...

Acordou com um pulo. Ouviu passos de uma bota na pedra e alguém o cutucou com força nas costelas. Duas vozes levantaram-se, iradas, e então houve uma troca de palavras em espanhol. O prefeito Rafael soltou uma risada contida.

— Ramirez não consegue achar ouro nenhum. Tudo isso... para quê?

Suas palavras foram seguidas de uma praga. Beck ouviu o barulho de um chute maldoso na barriga do prefeito. Ele fez uma careta ao ouvir o grito angustiado do pai dos gêmeos ecoando pela caverna.

E agora Beck era colocado de pé.

— *Vamos, inglés* — sibilou uma voz em seu ouvido enquanto ele era empurrado com violência para a frente.

— Coragem, Beck, meu menino! — O eco da voz de tio Al desaparecia conforme ele era arrastado para fora da cela. Depois de ficar sentado por tanto tempo, Beck quase desmaiou com o sangue que disparou em sua cabeça latejante. Ele viu os raios de sol através da venda — pelo ângulo e cheiro da floresta, concluiu que se fazia tarde.

Homens gritavam uns com os outros em espanhol, e ele ouviu o barulho de metal batendo na pedra e sentiu o cheiro de terra recém-escavada.

Ele era empurrado por uma série de degraus de pedra. Quando escorregou e tropeçou, foi violentamente arrastado para se levantar de novo. Quando pararam, alguém começou a mexer em seus pulsos, e as algemas foram retiradas. Suas mãos estavam dormentes, e ele sentiu uma pontada de dor nos dedos quando o sangue voltou a circular.

No minuto seguinte, a venda foi removida. Beck piscou e olhou em torno. Os picos das montanhas os cercavam por todos os lados. Já estava quase escuro, uma brasa alaranjada de luz brilhante sumindo no horizonte conforme o pôr do sol deixava o céu vermelho como sangue. Ele estava de pé sobre um dos terraços circulares altos que tinha visto durante a subida da escada de mil degraus, e agora olhava para a copa das árvores lá embaixo. Faróis de busca iluminavam o céu noturno, e os homens em torno dele varriam o chão com detectores de metal e escavavam a terra macia.

Mas uma outra coisa atraiu o olhar de Beck. O contorno de uma enorme pedra desenhava-se contra o céu vermelho do pôr do sol. Ficava em um dos lados do terraço em sua própria plataforma simples. Não havia dúvida sobre a silhueta familiar. Já tinha visto flutuando por cima das multidões do festival de Cartagena, depois no brasão de armas da família do prefeito e, por fim, no amuleto de ouro de Gonzalo.

Lembrou-se das palavras de Kojek. Com certeza esta não era outra senão *la rana*, a rã de pedra, antiga deusa dos kogis. E silenciosamente pousado na cabeça dela, entre os dois discos dos olhos saltados, estava Ringo.

— *Buenos días, amigo.*

CAPÍTULO 36

Beck se virou. Ramirez olhava para ele com indisfarçada crueldade. Gritou uma ordem, e os dois homens que o arrastaram para fora da prisão começaram a revistá-lo.

Um dos homens deu um grito, e o cinto onde estava o mapa de Gonzalo foi arrancado bruscamente de sua cintura. Um sorriso satisfeito cortou o rosto do chefe de polícia. Ele examinou o objeto rapidamente e o devolveu para os capangas, que começaram a apontar para os terraços e a gritar ordens para os homens que escavavam mais abaixo.

Mas Beck não conseguia mais se conter. Não sentia nada além de desprezo por Ramirez.

— *Oro, yá no más* — disse. — Não há mais ouro.

Assim que as palavras saíram de sua boca, Beck desejou ter ficado em silêncio. Num acesso de raiva, Ramirez veio em sua direção e, agarrando-o pelo pescoço, levantou-o completamente do chão.

No momento em que os punhos do policial agarraram sua camisa, Beck soube que era o fim. Os lábios de Ramirez abriram-se num sorriso medonho. Sentindo o amuleto de Gonzalo debaixo da camisa do menino, baixou-o lentamente de volta para o chão.

— *El oro de Gonzalo, por favor* — disse em voz baixa, sinalizando para Beck tirar o amuleto do pescoço.

O garoto sabia que não tinha escolha. Lentamente, abriu o botão superior da camisa e tirou a rã dourada do pescoço, balançando-a lentamente na cara do chefe de polícia.

Ramirez tinha o rosto retorcido num sorriso medonho, como se tivesse sido hipnotizado pelo amuleto. Seus olhos o seguiam de um lado para o outro.

— *La rana!* — sussurrou, quase rindo. — *El oro de la rana!*

Subitamente, suas palavras foram abafadas por um grito e um forte bater de asas. Ramirez debatia-se com alguma coisa em sua cabeça e as penas voavam para todo lado o seu redor. Beck não perdeu a oportunidade. Enquanto Ringo mergulhava sobre o policial, Beck arrancou o amuleto de Ramirez, colocou-o nos lábios e soprou.

Imediatamente, um anel de fogo ganhou vida nos terraços abaixo — tochas flamejantes surgiram da selva, por todos os lados. Os homens de Ramirez entreolharam-se, apavorados. O chefe de polícia arrancou o amuleto de Beck novamente e derrubou o menino com um chute. Mas seus homens tinham começado a gritar e a correr em todas as direções pelos demais terraços, cegos pelo pânico.

Beck se levantou e, aproveitando a chance, saltou pela beira do terraço e correu para buscar abrigo. Acima dele, a silhueta destacada contra o céu, Ramirez tirava um revólver do coldre. Saltando para a plataforma da rã de pedra, o chefe de polícia logo se pôs a escavar o chão com um brilho enlouquecido nos olhos cruéis.

Beck observou com surpresa um mar de nativos kogis emergirem da selva, iluminados pelas chamas das tochas. O anel de fogo subia de todos os lados, como se cada árvore da floresta estivesse em chamas. Beck olhou para a escadaria de mil degraus. As estátuas de cada lado pareciam quase vivas, como se todos os animais da selva brilhassem com as labaredas, ansiando pela chegada dos kogis.

E então o coração de Beck deu um pulo. No alto da escada, sob o arco cerimonial, ele viu os olhos brilhantes de Kojek. E mais outro pulo quando, poucos passos atrás, vinham Marco e Christina.

Beck soltou um grito e disparou de seu abrigo. Logo estava abraçando os gêmeos nos degraus da escada enquanto os kogis amontoavam-se em torno dos três adolescentes radiantes. Kojek estava diante deles, debaixo do arco. Pela primeira vez que Beck conseguia lembrar, uma mera sugestão de sorriso abrandou seus traços severos.

E então aconteceu em um piscar de olhos. Um dos homens de Ramirez gritou um aviso lá do alto e todo mundo virou-se para olhar: a forma de um felino negro emergiu das profundezas da selva, do outro lado do terraço. A criatura movia-se tão rápido que, para Beck, era como uma sombra passando pela face da lua. Como uma mola distendida, o animal saltava de um terraço para outro e aproximava-se de sua presa em poucas passadas.

Um grito de furar os tímpanos soou pela noite da selva quando os dentes da pantera esmigalharam o crânio de Ramirez. Foi seguido por um rosnado profundo enquanto o animal se erguia sobre as pernas de trás, bramindo triunfante para a lua.

Um fio de sangue começou a escorrer lentamente pela escadaria de mil degraus.

Ramirez estava morto.

CAPÍTULO 37

Beck estava novamente aos pés da enorme escadaria. Os gêmeos estavam com ele. Acima deles, ao longo da extensão da escadaria até o arco lá no alto, os kogis estavam alinhados, segurando as tochas acesas. A vegetação das estátuas dos animais da floresta havia sido removida e eles formavam uma guarda de honra ao lado dos índios. Sombras sinistras agitavam-se na escuridão à medida que a floresta fechava-se acima deles.

Mais cedo, naquela tarde, depois que os homens de Ramirez haviam se rendido ou fugido para a selva, os meninos se reuniram com tio Al e o pai dos gêmeos, num reencontro emocionado e cheio de lágrimas. Quando finalmente todos se recuperaram, o prefeito Rafael encontrou um rádio de alta frequência no corpo de Ramirez e comunicou-se com uma pessoa de seu gabinete em Cartagena. Um grupo de resgate foi enviado e sua chegada era iminente.

— Acho que Kojek está pronto para nós — disse uma voz no ouvido de Beck. Marco tinha o rosto iluminado por um enorme sorriso.

— Chegou a hora do Jovem Irmão acertar as coisas — disse Christina do outro lado.

Eles ouviram um guincho alto. Beck virou-se e viu Ringo empoleirado no ombro do prefeito Rafael atrás deles. Tio Al estava de lado, olhando curiosamente para a ave.

— Me desculpe, acho que não apresentei vocês — disse Beck. — Tio Al, este é o Ringo. Ringo, este é o tio Al.

— Uma satisfação conhecê-lo, Ringo — disse tio Al, estendendo a mão com um enorme sorriso.

Ringo inclinou a cabeça, olhando para o estranho com desconfiança antes de esticar uma pata cautelosamente e agarrar um dos dedos de tio Al.

— Tio Al, Ringo. Ringo, tio Al — gritou o papagaio. Tio levantou o chapéu panamá com um sorriso.

— Bem, pelo menos ele se lembrou de como falar novamente — disse Marco. — Tudo o que ele fez foi gritar desde que entramos na mata.

O pequeno grupo começou a longa subida em direção ao arco. Beck ia na frente, o amuleto de Gonzalo pendendo orgulhosamente de seu pescoço em uma corrente de ouro. A cada passo, subindo mais e mais, eles eram cumprimentados com um leve aceno de cabeça dos kogis, que lhes davam as boas-vindas. Quando o último deles chegou ao arco, Kojek levantou-se para saudá-los. Um por um, aproximaram-se e se curvaram, cumprimentando-o de volta.

Quando acabaram, Kojek começou a falar, seus olhos brilhantes chamejando à luz das tochas.

— O Antigo Irmão saúda o Jovem Irmão. Chegou a hora de consertar as coisas.

O prefeito Rafael deu um passo à frente.

— Kojek — respondeu ele, com voz clara e forte. — Meu ancestral veio a este lugar muitos séculos atrás e levou algo que é de vocês por direito. Hoje, temos orgulho em restitui-lo a vocês.

Beck foi na frente, seguindo Kojek para os terraços acima. Logo estavam junto à silhueta familiar de *la rana*, a Rã de Pedra.

Os lábios de Kojek finalmente começaram a se mover, e ele entoou um canto na língua dos kogis. Todos os kogis que os haviam saudado nos degraus estavam reunidos em torno deles num grande círculo, suas tochas iluminando a noite. Beck ouviu o som do canto, que parecia sair do âmago da terra

Estava atrás de Kojek agora, ladeado pelos gêmeos.

— Chrissy — sussurrou de repente. — Antes de fazermos isso, tem uma coisa que quero te dar.

Os gêmeos olharam para Beck com expressões chocadas, como se ele tivesse sido flagrado conversando durante uma missa rezada pelo Papa na Basílica de São Pedro, em Roma.

Beck procurava alguma coisa no bolso e por fim tirou um trapo sujo de lá.

— Esqueci de devolver para você.

Christina pegou o pedaço úmido de algodão da mão de Beck e abriu-o cuidadosasmente. Lá dentro, dois sinais de interrogação de ouro brilharam à luz da tocha. Christina abraçou Beck rapidamente no momento exato em que Kojek virava-se para falar com eles uma vez mais.

— Crianças do Jovem Irmão. Vocês vieram até aqui com um presente.

Beck e os gêmeos deram um passo à frente, perto de onde um pequeno nicho fora escavado na terra sob *la rana*. O canto ao seu redor elevava-se num crescendo. Beck tirou o amuleto do pescoço e, com os gêmeos ao seu lado, aproximou-se e depositou o ídolo no fundo do nicho escuro.

Em seguida, voltou-se e olhou nas profundezas dos olhos e Kojek.

— *Perdido, yá no más* — disse.

O amuleto finalmente voltara para casa.

DICAS DE SOBREVIVÊNCIA DO BEAR

NÓS DE MARINHEIRO

No Capítulo 18 de *O Tesouro dos Deuses*, Beck usa um nó chamado lais de guia para garantir que o facão não caísse para fora da jangada durante o ataque do tubarão. Saber fazer nós é uma das habilidades mais úteis que você pode aprender para quando for enfrentar o mundo selvagem. Aqui estão alguns dos principais nós do Bear.

Lais de guia

Provavelmente, é o nó mais útil que você vai aprender na vida. É usado para formar um laço na ponta de uma corda. Pode ser feito rapidamente e não se desfaz nem fica apertado. Tem uma brincadeira para você memorizar como se faz.

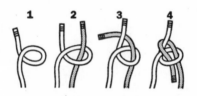

1) A toca do coelho 2) O coelho sai da toca 3) Dá a volta na árvore 4) E volta para a toca

Se sua vida depender de um lais de guia, acrescente um nó na extremidade presa quando acabar. Assim, ele fica cem por cento seguro.

Volta do fiel

Use este nó para prender uma corda numa estaca ou poste horizontal.

Nó constritor

Este é um nó muito útil para amarrar a boca de uma bolsa ou de um saco.

Nó em 8

Este é um nó muito fácil de aprender, muito confiável e — crucial para um bom nó — fácil de desfazer. É muito popular entre montanhistas e marinheiros, mas você pode ter certeza de que vai encontrar algum uso para ele no campo. É especialmente útil quando a laçada final puder ser usada numa haste.

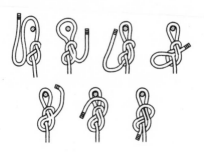

Nó de travamento

Este nó é bom para construção em geral, já que pode ligar duas varas firmemente. Uma vez apertado, faça um par de nós simples na ponta para que nunca se solte.

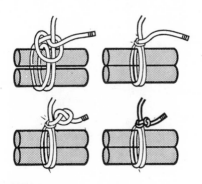

Veja outros lançamentos de Bear Grylls em

www.record.com.br/BearGrylls

Impresso no Brasil pelo
Sistema Cameron da Divisão Gráfica da
DISTRIBUIDORA RECORD DE SERVIÇOS DE IMPRENSA S.A.
Rua Argentina, 171 – Rio de Janeiro, RJ – 20921-380 – Tel.: (21) 2585-2000